幻想
藏書閣
奇幻基地出版

自我魔術方塊

클린 코드

Clean Code

薛惠元 著
馮燕珠 譯

Seol Hea-Won

目錄

〔推薦序〕

驚奇又驚奇

田英泰（韓國文學評論家，中央大學名譽教授）

懸疑推理小說家薛惠元，以優異的成績完成了中央大學研究所碩士、博士課程。她以韓國小說中最難理解的崔仁勳（注）的作品為主題提交博士論文，順利通過審查取得文學博士學位。近十年來，我身為指導教授一直關注著她，她是兼具小說家資質和批評理論家能力的文學青年。在期待何時會出版創作集、在哪裡發行評論之際，聽到懸疑小說《自我魔術方塊》出版的驚喜消息，讀過原稿後更是驚豔。在當今社會，驚人的事情並不多，薛惠元作家卻讓我再再感到驚奇。

身為本格小說家，我知道有志創作的人起步艱難，因此多半會先在類型小說中

注　韓國代表性作家，著名作品為代表了二十世紀韓國現代文學的小說《廣場》。

尋找出路，但《自我魔術方塊》的作者例外。《自我魔術方塊》中收錄的作品，比起類型小說，更具有本格小說的特質，是以獨特美學方式忠實呈現短篇小說基本要素的優秀作品，而包裝成「懸疑小說」，這是我感到驚奇的第一個理由。

作者本人界定為懸疑喜劇的〈閱覽室使用者守則〉，並非是一部單純的喜劇。大樓清潔員盧大嬸與違反閱覽室遵守事項的各種住戶之間的矛盾，以及其解決過程，可以解讀為對當今社會的矛盾和不正之風的辛辣諷刺。閃亮的黑色幽默和在黑暗中成為亮點的巧思值得關注。清潔員盧大嬸對於違反閱覽室遵守事項的青年進行肉體上強迫性的壓制，表現出強烈的復仇。該作品的主題是希望現實社會能對違反規則和法律的人立即進行懲罰，是篇集諷刺和告發，笑容和悲哀並存的優秀短篇作品。

第兩個讓我驚奇的是作品題材的多樣性，囊括了社會各階層的群像。本以為薛惠元是個書呆子、社會經驗尚淺的大家閨秀，這是我的誤判。她透過我猜測不到的直接或間接的經驗，改變了所有的制裁方式，對多種職業的人性面貌進行了精密考察。這種洞察力總體呈現在〈Clean Code〉裡。律師、醫師、牧師、法官等在社階層中屬於權威人士，被「皇家學會」邀請到遊輪上進行意想不到的審判，這樣的故事讓人感到震驚。透過審判過程，如實揭露引領這個社會的有力人士們，內心充滿的不正之風和矛盾。雖然審判是以話劇進行，但正因為是話劇，所以更能戲劇性地捕捉問題，將並非「勸善懲惡」，而是「勸惡懲善」的韓國社會結構中的矛盾立體化。因為錯誤的判決，讓一個年輕女性選擇結束自己的生命，進而揭開了這個冤死的背景。從這個意義上來看，這部作品就像是安慰那名女性怨靈的慰靈術。「忌諱怨靈的世界」是承襲薩滿教傳統的韓國人的中心思想。在這部作品中，審判等同於撫慰怨靈的巫術，在作品後半部強調「審判最終是戲劇一環」這樣的設定，引出心理劇的複合性意義，就像一種對昔日被勸善懲惡的觀念，習慣性支配的傳統社會的鄉愁。

第三次驚奇是來自作者透過作品，始終堅持刻劃人性的深層心理。在最後一個短篇〈月光〉中，以貝多芬的鋼琴奏鳴曲〈月光〉為背景音樂，描寫了整形外科醫師丈夫和護理師出身的妻子不平衡的婚姻生活。在怪里怪氣的氣氛中，流淌著奧妙的音樂，是種被歸類為怪異奇談也不為過的懸疑謎團。作家所追求的不是奇談怪論的展開，而是把焦點對準了融入故事中登場人物的深層心理。我們永遠無法明確區分善與惡，在善中有惡，在惡中也存在著善。作品還包含了惡可以變得更惡，但善卻不行的道德性洞察。

〈自我魔術方塊〉表現出心理小說的正式樣貌。由一名女性失蹤的推理展開，但這只是作品的表面特質，更深層的則放在心理複雜的變化上。完美的自我（self）並不存在；自我的六面立方體魔術方塊，有某些面是殘缺不全。自我探索和擴張的結果，以及體驗幻想心理的變化過程，都在這部作品中緊密相連。

要想寫出這樣的作品，作家必須以自身的心理體驗為前提。作家自己要體驗可能以失敗告終的精神冒險，還要一一剖析。這個過程就像是在不斷地修行。心理小說不是誰都能寫的，讀過弗洛伊德或榮格的幾本書，從觀念出發所寫的小說並非是心理小說。D.H. 勞倫斯（注1）從小說家的觀點出發，整理了屬於自己的心理體系，並將之運用進他的小說中。〈自我魔術方塊〉也是建立自己獨有心理體系的作品，看來未來作者前方的修煉會越發充滿挑戰。

另外，作者用充滿驚異感的視線和情感，將不可思議的事物形象化的意志力令我驚訝。我認為，作者選擇懸疑小說這一題材的動機，在於意志的體現。在人們不以為然、理所當然的事實背後，存在著充滿驚奇的未知與真相，這已不是懸疑作家的認知，而是非類型作家的認知了。薛惠元將尋常的事物，以懸疑謎團的方式使之鮮活起來。

或許她以發行五百多部作品（注2）、累計銷量超過兩億本的日本懸疑小說名家西村京太郎為目標也說不定，她現在已經邁出一步了。薛惠元作家能否像他那樣成功，這也是個謎團，但是，作家在社會、人生和作品中，為揭開諸多謎底而做出的努力，一定會結出豐碩的果實。

注1 西村京太郎發表過的作品為三百多部，原書稿為五百多部。

注2 二十世紀英語文學代表性英國作家，著名作品有《查泰萊夫人的情人》。

〔推薦序〕

誰？哪裡？何時？發生什麼事了？

陳慶德（逢甲大學通識中心兼任助理教授）
二〇二一年三月辛丑年春 於臺中科博館

很高興臺灣國內經營韓國當代小說有成的奇幻基地，今日引進薛惠元（설혜원）獲得仁川文化財團傑作的《自我魔術方塊》（큐브 코드）短篇小說集，我在閱讀過程中，也獲得極大的樂趣。

細看這位作家履歷，目前身為南韓當地推理作家協會的會員，而引入她這本小說，也算作為臺灣坊間少見的南韓推理、懸疑小說的問路石吧，若寫得不好，恐怕會讓國內讀者大失所望。

但薛惠元這本內含七篇適合當代人閱讀速度的短篇小說集，並沒有讓我失望。

首先，每篇小說開頭首句，讓讀者迎來的感受，就是薛惠元所擅長的「懸疑感」（suspense and tension），諸如第一篇的〈Clean Code〉的「到底是從哪裡開始出錯？」、第二篇的〈轉角〉的「好累，我睜開眼睛喃喃自語」，乃至第三篇〈閱讀室使用守則〉的「盧大嬸真好，一〇四棟的住戶使用閱覽室都很乾淨」，到最後一篇〈月光〉的「關了燈聆聽的〈月光奏鳴曲〉，給人一種無法預知的感覺，時時刻刻都感到緊張」等，都讓讀者先打上個問號，不禁追問「什麼事情出錯？」「主角為什麼累？」「盧大嬸又是誰？」等疑問，進而隨著作家的筆端，一窺究竟。

然而，我們說短篇小說的開頭，若能吸引讀者往下翻閱，可說成功一半，然而另外一半，則有賴「結尾」。假設作者爛梗收尾，抑或打造出平淡、無法扣人心弦結局，恐怕只落得眾人負評口舌，更別提結尾在推理小說內，乃是特別被嚴格要求。因為讀者被邀請進入作家精心設計的懸疑、緊張情境內，假若作者沒有一定的功力，想必會被人看穿文字「設計」、情節「安排」，提早推論出結局，意興闌珊。

但當我回頭來看，薛惠元小說開頭的每段，早已和結局緊密相連，每篇小說的字詞間、段與段連結，像個有機體活躍脈動，故當我讀完後，總會發出「結尾怎麼成這樣？」「原來事情是這樣的啊！」等讚嘆，其中這樣的讚嘆也有賴她於文內，緊密安排情節所致。

而大家一般常見的推理小說，大多採取直線描述情節，吸引讀者進入文內，移情化身一位偵探細細品味，但南韓新生代小說家薛惠元，試圖在這七篇短篇小說內，分別採取不同的創作手法與論述角度，諸如第一篇〈Clean Code〉採取的就是「劇本寫法」，以「第一章：死刑」、「幕間：早午餐音樂會」與「第二幕：疾病刑罰」等等分幕，構成這部短篇故事；而在第三篇〈閱覽室使用守則〉，則是使用人們日常在閱覽室看到的警語，諸如「一、最後離開者請熄燈」、「二、禁止在圖書館內飲食，並請務必清除垃圾」等文句，打造出離奇卻又那麼真實的清潔婦故事。而在此，請大家原諒我無法提及文內細節，免得爆雷大減各位閱讀之趣；同時，我所言及的視角，薛惠元也用力頗深，諸如在第二篇〈轉角〉與第四篇〈自我魔術方塊〉，她所採取的是第一人稱的自我獨白角度，而第五篇〈自動販賣機倉庫〉則是間雜全稱視角，冷眼旁觀母親靈堂上所發生的大逆不道之事，甚至第六篇〈墨非的詭計〉，還帶有點魔幻寫實加上成長小說創作手法，報導出動物在成為人類，與接受社會化過程中，所遭遇到的成長、反抗與屈服等事，著實讓人驚豔，更別提我最喜愛的第七篇〈月光〉，妻子透過描繪「物品」（丈夫隨身碟內的文件夾、手機短訊）開端，進而發現她一生中，從未發現也不能挖掘的「致命真相」。

當然，薛惠元這本短篇小說集《自我魔術方塊》，值得一提、分享之處還有很多，但慶德礙於篇幅所限，也只能在此野人獻曝短言幾句，最後，若是喜歡推理小說，對南韓當代小說有興趣的讀者，我想都能在這本小說內，得到愉悅的閱讀之旅，故敝人在此推薦此傑作。

〔推薦序〕

眼花撩亂的七巧板魔術

喬齊安（Heero，推理評論家、百萬部落客）

韓國近年在影視產業的表現成績有目共睹，《寄生上流》（二〇一九）搶下史上第一部非英語電影的奧斯卡最佳影片大獎殊榮；韓劇人氣也在串流平台上屢創佳績，業界龍頭Netflix宣布二〇二一年將加碼投資五千五百億韓圜，拍攝更多大製作的韓劇作品，儼然在二〇二〇年短暫受到新冠疫情打擊後，迅速復興且更蓬勃地發展。

筆者在二〇一七年底有幸與文化部長官前往釜山國際影展，除了現場推廣臺灣原創ＩＰ故事，也走訪了書店、推理文學館考察交流，進一步了解韓國小說與影視之間的關係與距離。無論是時尚氣派的教保文庫書店（韓國前兩大連鎖書店之一）、還是阿拉丁等二手連鎖書店，懸疑推理、驚悚等類型小說都是韓國讀者的心頭好，翻譯或在地作品都佔據書市重要的一席之地。

甚至，曾任韓國推理作家協會會長，銷量賣破一千萬本的名宿金聖鍾斥資建造的推理文學館，館內收藏大量各國推理小說，並時常舉辦讀書會與寫作班，成為釜山在地人引以為傲的文學據點、推理迷造訪韓國必朝聖的私房景點。閱讀風氣與創作風氣相輔相成，即便小說改編為影視的比例沒有日本這麼高，但韓國的類型小說發展仍有成熟、穩定的消費基礎。

目前臺灣書市狀況，在翻譯推理的引進上仍以日美作品為大宗，韓國小說的選書上更常見到的是現代文學、性別議題、社會公義主題。當然趙南柱、金英夏、金愛爛等人都是國民作家的水準，但我們所認識的韓國推理小說成就，在資訊的匱乏下，也因此與名聞遐邇的《信號》（二〇一六）等名劇有一定的落差。幸好，奇幻基地、暖暖書屋在這一塊未知領域的耕耘，這些年來逐漸為推理愛好者們開拓了寶貴的觀察視野。

《自我魔術方塊》是二〇一二年得獎出道的薛惠元，七年後首度集結出版的短篇小說集，被譽為提升了韓國類型小說的層次。筆者定義這七篇小說宛如「不規則形狀」拼貼出的七巧板，並不像日本推理作家習慣在同一個流派上精研，而是同時展演出驚悚、懸疑、推理與科幻的豐富類型，並以人性詰問、社會控訴為貫穿全書的內涵主旨。在社會現象與人性醜惡的質疑上，本作深刻呼應韓國ＩＰ的核心精神，卻又不一味強調沉重，反倒使用「以暴制暴」的手法，帶給我們極大的享受與娛樂，節奏與結局操作變幻萬千，得以「魔術」稱之。

而在網路的書評討論中，有位熱愛各國推理小說的部落格主提到，近年韓國受到日本推理小說的影響，在小說的「易讀性」上有所提升，本作《自我魔術方塊》便是絕佳案例：「過去那些容易讀起來感到無聊的描述，都被塑造成了鮮活的說故事能力。」筆者則認為本作與二〇一九年引進，改編自真實奇案的《被提一九九二》（二〇一六）同樣具備高速節奏、強烈刺激感與驚人逆轉秀的優點。韓國懸疑不那麼講求金田一、柯南一板一眼的邏輯推演，而是將驚奇度設計到極致，閱讀起來相當過癮、痛快，在更「吵雜」的韓國人際關係中，呈現在地與眾不同的特色風貌，值得讀者們仔細咀嚼。

筆者與網路讀者普遍給予最佳評價的分別是〈Clean Code〉、〈閱覽室使用守則〉、〈自動販賣機倉庫〉這三篇作品。〈Clean Code〉二〇一七年在韓國推理作家協會主編的《Mystery》季刊得獎，這本刊物具備提拔新人的指標意義，也足以見得薛惠元在本作所獲得的肯定。這是全書諷刺意味、攻擊性最強烈的一部作品，四個職位的菁英一手主導了栽贓被害者為加害者的冤罪，但他們也在「皇家學會」招待的豪華郵輪之旅上遭到報應，宛如實境秀的方式讓平時作威作福的菁英在私設法庭中接受審判，結局戰慄又大快人心。

熱門韓劇《祕密森林》（二〇一七）中便針對韓國司法界爭權奪利、官商勾結的醜聞進行批判，人民對這種風氣的痛惡在〈Clean Code〉強而有力地發聲，即使是故事中幹盡壞事的秋智慧律師，也曾是司法不公的受害者。西村京太郎的名作《七個證人》（一九七七）也是採用私設法庭與判決爭議的設定，比較二作的處理方式，也能窺見日韓民族性在這個話題觀點上的差異。

〈閱覽室使用守則〉漂亮發揮「公德心」這個乍看並不嚴重的議題，完成警世意味深厚的都會寓言。清潔人員往往是維護生活水準不可或缺、卻備受忽略甚至欺負的隱形人口。當沉默、弱勢的她們決定「反噬」囂張沒教養的大眾時，會發生什麼事呢？如此就成為黑色幽默、恐怖小說的素材了。

讀者可以參考松本清張的名作〈熱空氣〉（一九六三，中文版收錄在單行本《事故》）與本作對應。該作將「家政婦」職業的角色搬上舞台，在八零年代的日劇長紅後成為日本家庭文化的獨特符號。家政婦打掃時潛伏在家中偷偷蒐集、觀察祕密，能夠輕易毀滅一個家庭。〈閱覽室使用守則〉裡的清潔大嬸同樣能夠掌握大樓裡的大小事，並現身制裁那些不守規矩、在公共空間胡搞的年輕人。但逼得大嬸性格大變的過去，卻也來自韓國社會貧富歧視導致的悲劇。在驚嚇之餘不由得發出深深的嘆息。韓國網友提到，對二〇一四年大韓航空「堅果返航」事件等財閥荒謬行徑深惡痛絕的國民，勢必讀本作時會有舒壓的效果。

〈自動販賣機倉庫〉採用保險詐騙殺人的主題，與貴志祐介《黑暗之家》（一九九七）一樣呈現令讀者不寒而慄的詐騙犯醜惡嘴臉。薛惠元在簡短的篇幅中將犯人的思維、驕縱他把全世界當成自動販賣機的母親刻劃入微，也反映了不為人知的韓國家庭盲點。值得注意的是，就像韓劇《請輸入檢索詞WWW》（二〇一九）其中

19　클린 코드　Clean Code

一位女性角色，本作為犯人加入的「憤怒調節障礙症」讓人物更為立體，這也是韓國ＩＰ作品透過罕病在「人設」創意上領先全亞洲的一大特徵。

〈轉角〉與〈自我魔術方塊〉大玩第一人稱技法與「夢遊」梗，若是喜愛日本推理之父江戶川亂步的讀者勢必感到驚喜。雖然這是許多作家都寫過的題材，但作者藉由治療噩夢的名目，用更複雜的翻轉埋藏了詭計與解答，炒出新的意外性，也暗中置入「毒親」作為亂象根源，融合成果值得稱許。〈月光〉裡扭曲的夫妻關係與近年歐美盛行的「家庭懸疑」特色：最陌生的枕邊人連結，在結局急遽的善惡交錯後顛覆讀者原先的想像。小說裡巧妙結合醫療行為與謎團，鮮活的醫院生態描寫，則來自作者職場工作的經驗談。

最後，全書最異色之作〈墨非的詭計〉可說是薛惠元對「人類」投注的終極質問。人類比其他生物還要崇高嗎？在主角墨非這個從非人類「進化」為人類的哲學性演講中，我們彷彿被賞了熱辣辣的一巴掌，體認人類思維的荒謬。整本書貫徹諷刺的基調，並在本作裡將對韓國社會的抨擊提升到全人類的程度，相當具膽識。

《仁川日報》評價《自我魔術方塊》「既是笑與哀交織在一起的黑色喜劇片，也是觸發讀者激烈情緒變化的心理驚悚片，毫無保留地展現了推理小說的魅力。」由於韓國人生活壓力大、普遍對現實不滿，娛樂作品中提供宣洩管道、代理制裁的心理就成為他們的情感需求。日本小說的社會派往往強調主角面對殘酷現實的無能為力，而韓國小說的社會派是怎麼樣轉化、接地氣？本作《自我魔術方塊》肯定是一個精采的代表範例了。

推薦者簡介／喬齊安（Heero）

出版業編輯兼百萬部落客。已合著五本足球書籍專刊，編輯製作多本本土文學創作獲獎，並成功售出IP版權改編為電影、電視劇。為多部小說／實用書籍撰寫推薦與導讀相關書評，尤以推理類型為最。長年經營「新聞人Heero的推理、小說、運動、影劇評論部落格」。

Clean Code

到底是從哪裡開始出錯？秋智慧茫然地看著眼前開始回想。光是能登上這艘船就像在做夢了，這可是只邀請各界菁英參加的皇家學會派對，她還記得收到主辦單位寄來燙金的邀請函，握在手中那種熱辣辣的感覺。她代替律師事務所的代表，與擔任她隨行祕書、同時也是下屬律師的成宇一起登船時，她就下定決心要好好享受這如夢般的四天三夜。

十三層樓高的客艙及穹頂游泳池，可以俯瞰大海的SPA及飯店式自助餐廳，在船上的頭兩天簡直完美無缺。身穿水手服的服務人員熱情又親切，她還親眼見到平時只能在電視上看到的名人。交誼晚宴的主持人是KBS電視臺當紅主播韓伊秀，更進一步提高了聚會的整體格調。

圓形頂篷敞開，看著鳥兒飛越天空，她在游泳池時還想著，希望下船的時刻不要到來，這一切就像沉浸在甜蜜的夢裡。直到在這裡醒來。

——在陪審團做出裁決前，由被告們進行辯論。被告姜道賢及秋智慧，請兩位準備辯論。

擴音器傳來冰冷不帶感情的女聲，將秋智慧拉回現實中。此刻、此地，是與漫步在雲端上的夢境距離最遠的地下四百四十四層地獄。這個地獄裡的囚犯，不被允許擁有任何自由，只能依從擴音器中的命令，以乞求子女們的生命無虞。

——由姜道賢先進行辯論。請被告姜道賢到中間就位。

戴著眼鏡的中年男子站到舞臺中央，炫目的白色聚光燈瞬間投射在他身上。

序曲：換場與淡入（注）

剛睜開眼睛時什麼都看不到，四周一片黑暗，暗到都搞不清楚眼睛到底有沒有睜開。透過咳嗽和呼吸聲，秋智慧知道這房間裡除了成宇還有其他人在，於是她高聲大喊：

注「淡入」是由原先全暗的畫面，漸次明亮直至色調明暗度正常的過程，通常用在舞臺劇上。

「是誰？」

其他人的反應與她一樣。

「這……這不是我睡著時的房間啊，你們是誰？」

「快點開燈啊！」

從聽到的聲音判斷，除了秋智慧自己，另外三個人也遭遇相同處境，入睡前和現在醒來的房間不一樣。房裡的人摸著牆壁想尋找電燈開關，但光滑無比的牆上並沒有任何開關按鈕，也沒有門。他們這才驚覺自己在熟睡時被移動了，而且現在更被關起來。為了彼此的安全，四人在黑暗中決定先自我介紹。

「我是姜道賢法官，曾任職首爾南部地方法院的部長法官一職，不久前才離職。」

秋智慧正想回應，一個女人先發出沉穩的聲音說：

「姜法官？我是黃靜珠，五年前您負責的某一樁案件中，我曾受託進行事實確認。」

「啊！是塞佛倫斯醫院婦產科的黃靜珠教授嗎？您也接到皇家學會的邀請啊，

這麼說來，昨天晚宴上我們應該見過……」

「是啊，剛好學校放假，於是我把診療工作交給副教授後就來參加了。本想好好享受這四天三夜的遊輪旅行，卻沒想到會遇到這麼荒唐的事。我們一定是受到大量麻醉，才會在睡著後不知情的狀況下，被移到這個地方來。這真是太荒謬了，我有很不好的感覺，我們必須盡快離開這裡！」

「就是啊，快想想辦法吧。」

法官的話剛說完，就傳出了一個男人輕輕的嘆息。

「我是約瑟教會的副牧師南熙仲，五年前的那起案件，我也曾以證人的身分出庭過。」

彷彿舞臺上的布幕瞬間掉落般，秋智慧的心倏地沉下來，顯然他們四人被囚禁在這裡並非偶然。另外三人心裡想必也這麼認為，於是有人開口追問始終沒說話的第四人是誰。

「我是立光法律事務所的合夥律師秋智慧。」

秋智慧才剛說完，姜道賢馬上接話。

「妳是當時那起案件的被告辯護律師吧？」

——現在各位被告應該明白，你們為什麼會聚在這裡了吧？

隨著突如其來的聲音，吊燈也同時亮了。瞬間的大放光明讓所有人不自覺瞇起眼睛，在水晶反射出柔和的鵝黃燈光下，四人瞇著眼環顧四周。如小型劇場般的空間中，四人略顯擁擠，中央有一張桌子，周圍擺放了椅子。秋智慧坐在其中一張椅子上，她很自然地打量另外三人，與五年前在法庭上見到樣子完全不同，每個人都極其狼狽。

姜道賢法官身上穿的不是法官袍，而是遊輪提供的白色浴袍，這五年來他的髮量稀疏了很多，額頭上方空蕩蕩的。昔日西裝筆挺地站在證人席上的南熙仲牧師，如今臉上都是肥厚的肉，滿臉通紅。黃靜珠教授原本濃密的鬈髮，現在也變得銀髮蒼蒼，嘴角還有深深的皺紋。秋智慧心想自己臉上有著不化妝就無法遮掩的斑點，以及一頭凌亂的長髮，看來也好不到哪裡去。她身上仍穿著入睡時的絲綢襯衣，但心裡總有些不安，身體不自覺縮成一團。但接下來從擴音器裡傳出的話，讓這些都變得不再重要。

——如各位所知，四位都是五年前二〇一二高合二〇三七號案件的相關人士。原告申希秀與被告金容錫為男女朋友，因受被告長期暴力及暴言相向而欲與其分手。原告申希秀不只換了電話也搬了家，但被告卻在當時為研究生的申希秀就讀的學校官網上，上傳兩人的親密影片。

雖然檢察官起訴並開庭審理，但姜道賢卻偏頗地宣判被告無罪，駁回檢方的拘留請求。秋智慧為了幫被告取得無罪宣判，製作並提交了名為「影片拍攝及傳播同意書」的偽造文件作為假證據，還收買法院指定的鑑定師一同造假。黃靜珠當時因自身進行不當的開腹手術而陷入醫療糾紛，以秋智慧所屬律師事務所為其辯護為交換條件，同意出庭作偽證，主張被害人申希秀的診斷書是假的。而促成申熙秀和金容錫初次見面並結緣的真愛教會青年部牧師南熙仲，則以獲取現有的約瑟教會建設基金為代價，以證人身分出席並作偽證，反指控原告是因被告提出分手，為了報仇而陷害被告，製造不利申希秀的心證。

金容錫因秋智慧律師的積極操作和收買證人而被無罪釋放，並事後控告申希秀誣告，而申希秀從被害人一瞬間變成被告，最後選擇以跳樓自殺結束生命。由於四

位對此事未承擔任何責任，因此以請求懲罰性損害賠償為目的，展開這次的審判。本審判的委託人，即原告，就是當年受到諸位坐在以專業為名的椅子上，毫無顧慮殺害的申希秀的家屬們。他們向各位提出的賠償，從輕微的傷害到以生命相抵，皆由四位的子女代為承擔。

「什麼鬼話！我的孩子？你們不能動我女兒一根汗毛，這是什麼下三濫的威脅！要是不趕快放了我們，我絕對不會善罷甘休！你們大家還坐著幹嘛？還不快點找辦法出去啊！」

黃靜珠從椅子彈起，兩側太陽穴像要爆出青筋般地大聲叫喊。

——**被告請肅靜就座。若不聽從審判主持人的勸告，將會有不利影響。**

三人跟著黃靜珠一起大聲抗議，雖然主持人對他們提出警告，但沒有一點用處。所有人都在找尋逃生出口的同時，也不停地抗議，要求停止這荒唐的一切。

——**法庭內的騷亂行為將受到處罰。**

聲音傳出的同時，房內的照明也瞬間變暗。天花板上的投影儀嗡嗡作響，紅燈一閃，一面牆上出現了投影畫面，一個穿著藍色熱褲的年輕女子，用背巾揹著年約一歲的小孩，一邊哼著歌一邊搖晃著走路。同時，也聽得到跟在她身後攝影者的腳步聲。

「亮……亮亮！」

黃靜珠先是嚇得縮成一團，然後急忙跑到畫面前，伸手觸摸，但她碰觸到的只有堅硬冰冷的牆壁，不是女兒。

「你們要對我的女兒做什麼？立刻住手！你們到底想怎麼樣？」

——在法庭內引起騷亂將進行處罰。

冰冷不帶感情的聲音響起，畫面中突然有道光一閃而過，女子捂著大腿尖叫摔倒在地，孩子大哭起來。但比起年輕女子的尖叫聲，黃靜珠淒厲的叫喊更加清晰迴盪在整個室內。

——懲罰並非由加害者，而是由加害者的子女來承受。如同先前所說，這是整場審判最大的前提。

「呃啊啊啊……」

黃靜珠在尖叫聲和呻吟中，哆嗦發抖著發出微弱的抗議。

「為什麼？為什麼不找我，而要我們亮亮來承受？」

——因為這個審判的委託人不是已故的申希秀，而是她的家人。那麼從現在開始，有話要說的人請舉手發言。

牆上的畫面分成四格，其中一格出現了姜法官的大兒子姜昌運。在美國攻讀博士的昌運正好放假回韓國，愛看書的他最喜歡去光化門的教保文庫，畫面中，他正在英文原文書區挑選書籍。

秋智慧的一對雙胞胎兒女正在家中玩積木，保母可能正在廚房製作副食品，畫面中只遠遠地看到她的腳走來走去。因為一直無法懷孕，秋智慧透過人工授孕才得到這兩個孩子，一旦失去，之前花費的大量時間和努力就等同泡湯。對秋智慧來說，孩子固然是傳承自己血脈的愛情結晶，但更是讓她生活更加完美的構成物。她要向社會展現的，就是無論在職場或家庭，她都是有能力的成功女性。丈夫是醫師，自己是律師，有著兩人基因的雙胞胎必須漂亮、聰明，才能在任何地方佔盡優勢。為了這一切，她這五年來努力培育孩子，如果現在沒了，她可說是一無所有，所以她必須保護孩子。

南熙仲讀小學的小兒子海熙正要走進教室。牧師看到這一幕，嘴裡發出「呃」的一聲，像是洩了氣般垂下肩。

第四格畫面裡的人換成黃靜珠的二女兒，黃靜珠忍住呻吟聲，用雙手捂住嘴。

——從現在起，凡是未舉手發言的人，不管是發出呻吟、笑聲、掌聲等所有聲音都一律視為噪音，請各位務必保持肅靜。

主持人的話，讓在場四人都靜了下來，只聽到彼此緊張急促的呼吸聲。這時法官舉起手，看不見的主持人允許發言。

「審判是綜合雙方辯論所做出判斷的過程，現在這個根本不叫做審判。總之，這整個過程過於片面及不合理，根本不能成立。如果對我們之中某個人有怨恨或憎惡，最好到外面去尋求實際的法律程序比較恰當。」

——就是因為無法透過實際的法律程序解決，才會舉行這種特殊形式的審判劇。在世界上各種不合理的體系中，必然都存在錯誤，而糾正那些錯誤的處理過程就稱為「Clean Code」。實際的法律無法審判各位的罪惡，是這個世界的錯誤，為了糾正錯誤所以準備了這場審判。在此駁回姜道賢的要求。

這回南熙仲舉起了手。

「我是個牧師，受主的指引，是主的僕人，因此對於身為牧師的我，只有主才有審判權。人類的批判和裁斷是傲慢的越權行為。」

——南熙仲的發言，可能會以藐視法庭罪受到處罰。

四人帶著不滿的神情保持沉默。

——從現在開始，四位將透過你們自己內部討論，決定出接受懲罰的順序，最先被指名的人將受到最重的懲罰，最後一人則是受最輕罰責。再說明一次，第一個被指名的人處死刑，第二個人罹病，第三人受到肉體傷害，而最後一人則是受精神上的痛苦。

秋智慧舉起手，以驚愕的表情說：

「什麼死刑？就算我們有罪，這也太過分了吧。」

——申希秀因金容錫的加害，受到了物理性的傷害，罹患身體方面的疾病，也就是性病。又因故意散布的影片受到精神上的痛苦，最後甚至不惜以死結束生命。讓四位的子女只經歷申希秀受到的其中一段歷程，可以說是最寬厚的處制了吧。

南熙仲嘴裡喃喃唸著「主啊！」一邊不停搖頭；姜道賢不知是不是口乾一直用舌頭舔著嘴唇；黃靜珠一臉絕望的表情；而秋智慧雖然認為這個審判只是個瘋狂的殺人劇，但看到畫面裡的雙胞胎，卻也一時不敢草率行動。

——正如剛才所說，損害賠償的方式大致分為四種，具體執行方式會根據每次遊戲的比例重新決定。也就是說，死亡方式有自殺、溺死、墜落死亡、失足死亡等，但會透過遊戲來決定具體的執行細節。

將刑罰的具體內容交給偶然性的遊戲決定，也就意味著接受神的安排。事實上，有資格審判人類的，應該是超越人類的神才對。正義女神狄刻（Dice）的眼睛雖然被蒙住，但韓國的法官哪個不是睜著銳利的雙眼，追求可見的貪欲、肉體的滿足和人生的驕傲呢？一手拿著判斷的天秤，傾向能掏出錢、聚攏良好關係的一方；另一隻手握著判決的劍，卻刺向無辜之人，刺出冤屈的鮮血。只要由人類審判人類，或許公平合理就是永遠不可能實現的理想。但是，如果從一開始就放棄追求公正，讓受害者變成加害者，這明顯是犯罪行為。對於參與此犯罪並接受審判的四位來說，按照受罰順序、接受不同刑罰，應該算是好消息吧。

姜道賢的臉因憤怒而抖動，身為法官的自己，現在竟然要交由某人判決？他一臉不可置信。秋智慧見姜道賢在這種情況下還不肯放棄法官威嚴，感到不以為然的同時，也對他不得不和自己站在同一立場上進行「辯論」一事，有著隱隱的快感。就因為他頂著法官的頭銜就必須對他唯唯諾諾，秋智慧心裡很想第一個就指名姜道賢受罰，但想想法律這個圈子很小，為了將來考量，她還是決定跳過他。

黃靜珠和剛開始氣勢洶洶的樣子不同，現在低著頭，一動也不敢動；南熙仲則像在祈禱般雙手合十。秋智慧環顧這三人，心想是與他們齊心協力，不做出任何決定，合力對抗那個見不到的聲音；還是盡可能拖延時間，假裝討論直到有人前來救援為止？她苦惱不已。

——一個小時後，我會來倒數，屆時大家只須指出接受處罰的人即可。得到最多票數之人將接受處罰，若有兩人票數相同，則兩人同時接受處罰。提醒各位，未做出選擇的人，我就當作你是選擇自己了。

若倒數結束後未選出受罰人選，則將由陪審團來決定。陪審團現在正在觀賞這場審判劇的現場直播。由陪審團選出的那個人，其子女將不受以遊戲結果決定執

行方式的規範，一律被處以藥物注射的死刑。從現在開始，大家可以自由發言和討論。那麼，待會見。

第一幕：死刑

「咔」一聲，麥克風關了，投影機也自動停止，室內的照明再次變亮。最好的結果，是所有人都平安無事地離開這裡。但看來在找到出口之前拖延、以掙取時間這方法也行不通，再加上這很明顯是經過縝密設計的計畫性犯罪，要想逃出去沒那麼簡單。四名囚犯能做的，只有順從主持人的命令，選出第一個受罰者。既然只能選一個，那第一個受刑人必然不能是自己，秋智慧停止思考，決定先下手為強。

「剛才說的全是謊言。我身為律師，秉持著良心與自尊，從來沒有做過那樣造假的辯護。」

她看到姜道賢的嘴角露出微妙的扭曲。

「中希秀的死令人感到很遺憾，但萬一金容錫真的做了錯事，同樣身為女性的我，應該不會擔任被告的辯護律師才對啊？事實是，被告被女友打，同時影片也是女方授意拍攝的，還提出同意書作為證據，而且法院鑑定結果顯示，拍攝同意書上的手印確實是中希秀的。我只是強化被告提供證據的證明而已。」

秋智慧的話讓牧師也頻頻點頭。

「就是說啊，希秀姊妹是有疑心病吧，所以才會對容錫兄弟百般約束限制。我也是將所見所聞原原本本說出來，怎麼能說是做偽證呢？太不合道理了。身為牧師，若是說謊，又怎麼能站在主耶穌的面前呢？我說的全都是實話。」

「沒錯，就像牧師說的，希秀是從自己的觀點把故事加油添醋後提出訴訟。事實是，男方遭受暴力，同時影片也是女方主導拍攝，正因真相被揭發所以才會得到無罪的判決，說我造假根本就沒有道理。」

雖然秋智慧堅持自己是清白的，但是實際上只要有錢，不管是證據或證人都可以「做」出來，而且做出來的證據還可以得到具有真實性的認證；就像收買律師一樣，司法鑑定的鑑定師也可以用錢收買，讓被告提交的偽造文件變成真的。韓國的法律是傾向支持提出證據的一方，即使偽造文件，只要想辦法弄成合法就行。

姜道賢也點點頭，正要對判決的正當性議題發表言論的時候，黃靜珠突然站起來對三人大聲咆哮：

「坦承吧！把真相說出來，把做錯事的人挑出來。我知道你們全都串通好，把申希秀推向荒唐的審判。」

面對黃靜珠的突然一擊，姜道賢像仲裁者般出面了。

「黃教授，現在不是分裂的時候，我們應該合力團結。主持人指出我們四個人的罪名，我認為完全是假的。那起案件的被告無罪，我也沒有做過違反法理的判決。我們應該彼此信任，共同想出解決的方法才對啊。」

聽了姜道賢的話，黃靜珠卻搖搖頭。

「那孩子……申希秀在遭受金容錫的性暴力之後，來找我開了診斷證明書。那是非常殘酷的傷害，我把看到的如實寫了下來。然而幾個月後，法院向我這個主治醫師要求確認時……那時我因醫療糾紛正在水深火熱之中，明明超音波上看到子宮有良性肌瘤，但動刀開腹，裡面卻什麼都沒有。那件事造成了患者不孕，而被控告的我不僅需要醫院法務組的幫助，還自掏腰包請律師，就是為了要打贏官司。因為假如敗訴，我這一路以來的心血努力都會成為泡影。當時立光法律事務所表示願意負責我的案件，但條件是必須陳述申希秀的診斷是錯誤的。他們的醫療訴訟案勝訴率很高，即使支付上億元訂金也不一定請得到。所以當接到法院寄來的確認事實申請書時，我推翻了自己的診斷，謊稱我身為醫師同時也是女性，基於同情心，所以在診斷書上寫得比實際狀況還要誇張。接著，我就在醫療訴訟中勝訴，後來也就把那件事忘了。我推翻了申希秀的診斷內容，贏了自己的醫療訴訟，但是，但是⋯⋯現在這個罪卻要由我的女兒們來承受。」

一口氣傾吐而出的黃靜珠，說完後像洩了氣般再也說不出話來，癱坐在椅子上。秋智慧靠近她，輕輕安慰道：

「教授，請妳先冷靜下來再好好想一想。遊輪的航程需要四天三夜，如果我們沒回去，一定會有人展開調查。參加皇家學會派對的其中四人同時沒有回去，就算我們是成年人，怎麼看也不會只是單純的離家出走啊。」

黃靜珠猛地抬起頭，望著秋智慧。

「妳認識塞佛勒斯醫院法務組的組長鄭妍秀吧？」

秋智慧平靜地低頭看著黃靜珠。

「她不是妳唸梨大法學院的前輩嗎？鄭組長說，發生醫療糾紛的原告只要找秋智慧辯護，大都十拿九穩。」

「我和鄭前輩就讀同個學校沒錯，但我不懂妳在說什麼。」

「妳對錢很貪心，再壞的情況只要拉攏妳就好，只要撒錢，妳負責的訴訟就可以勝訴。」

秋智慧的臉因憤怒而變得僵硬，她嘴角上揚地說：

「教授太激動了，好像只有妳本人不想被選中而在做垂死掙扎。」

「垂死掙扎？」

黃靜珠推了秋智慧的肩膀一把並站起來，秋智慧身體搖晃了下。

「好啊，看起來像垂死掙扎也好。」

黃靜珠雙眼彷彿充了血，越過秋智慧看向天花板。

「我不能失去我的女兒，要反省我會反省。這叫審判劇是嗎？來我這裡接受診斷的申希秀曾說，她的父親是戲劇導演。這分明是那孩子的爸爸為了讓我、讓我們受到懲罰，做了周密的準備，導演這齣勸善懲惡劇。我會出面自首、我會去坐牢，只要我的亮亮和星星……不准動我女兒一根汗毛！不……我拜託你們不要去找她們，拜託！拜託！我認罪，我求求你們，拜託！」

黃靜珠向在某處看著自己的導演跪下，雙手合十祈求著。看著跪在地上的她，另外三個人彼此互望，這表示已經確定第一個受刑者了。

——**請各位被告就座**。

突然響起的聲音讓四個人都嚇了一跳。

——**我數到三，各位就請用手指向你所選擇的那個人**。一、二、三。

被三人指著的黃靜珠，哽咽著掙扎地說：

「對不起，是我錯了！一開始申希秀的診斷書就是對的，她因性暴力造成子宮內部損傷及全身多處挫傷，我因為急著想平息自己的醫療糾紛而說謊，我現在認罪，拜託，拜託請原諒我。」

——**被告黃靜珠獲選。對黃靜珠施以的刑罰為死刑，具體執行方式以輪盤來決**

定。請秋智慧轉動桌上的輪盤，輪盤最後停止時落在秋智慧面前的號碼，其所對應的內容即為最終行刑方式。

不知何時，投影畫面上出現一張大表格，一號服毒，二號窒息死，三號墜樓死……等，每個號碼底下皆有不同內容。黃靜珠拉著被指定轉輪盤的秋智慧，兩眼充血，哀號哭喊著。

「我女兒犯了什麼錯要這樣對她？要死我一個人死就好，這些可惡的傢伙，你們做得比我還過分，我知道你們是串通好的！」

秋智慧遲疑了下，伸出手用力轉動輪盤。我想讓那個討厭的女人安靜下來。如果包括黃靜珠等四人都主張自己是清白的，那主持人就不知道該怎麼處理了吧。黃靜珠是自找的。秋智慧兩手交叉抱在胸前，看著輪盤停止時眼前出現的號碼。是七號。

——執行方式是溺死。

主持人話音未落，黃靜珠就連人帶椅子消失了。巨大的撲通聲突然傳來，只剩黃靜珠長長淒厲的尖叫聲。另外三人慌忙站起來，看著吞沒黃靜珠的水面上的地板又緊閉了起來。站在完全密閉的地板上，三人茫然若失。

「掉進海裡了嗎？」

秋智慧驚恐地低聲喃喃自語。姜道賢舉起手。

——姜道賢請發言。

「你沒說過會這樣。」

——是沒有，不過法官會提前告知判決結果嗎？在任何法庭上，都不會在辯論期間提前預告宣判內容。姜道賢你在二〇一二高合二〇三七號案件的宣判日，對本應被拘留的被告做出了無罪判決。

「我只是以書面證據和鑑定結果為基礎，做出了合理的判決！那個判決沒有一絲違法。」

——如果覺得冤枉，就表明自己的清白，成為最後一人吧。被告黃靜珠坦承了自己的罪行，並表現出悔悟，有鑑於此，本庭酌情處理，不用子女代替，由她本人受刑即可。那麼，不承認本人罪行的三位被告將會繼續進行審判。我個人深感遺憾，如果可以看到四人都坦承認錯的話，這齣審判劇早在第一幕就可以結束了。

幕間：早午餐音樂會

隱約的古典音樂滲透到這個令人窒息的空間裡，就像在嘔吐物上噴灑香水般，這個背景音樂根本不適合現在情境。

——在進行第二次審判前，請各位一起共進午餐，現在暫時休庭。

秋智慧聞言不禁感到諷刺地嘴角上揚。在這種殘忍情況下還吃飯？但主持人的話不是勸誘而是命令。

——請打開桌子下方的收納箱，餐點都已經準備好了。

兩個男子坐著一動也不動。

「法官脫掉了法官袍，還當自己是高高在上的法官是嗎？牧師還是沒忘了等人把餐桌擺好再祈禱的習慣嗎？」

秋智慧對兩個男人的權威性態度感到厭惡，自己也靜靜坐著，但接觸到法官的眼神後，她不得不彎下腰打開桌子下面的收納箱。同樣都是審判劇被告被關押的狀態下，她仍然覺得自己比法官低一截，秋智慧有種屈辱感。她暗自下定決心，自己必定要成為最輕微精神刑罰的最後一個人。

收納箱裡有裝了麵包、湯、牛排的碗盤及叉子。秋智慧將餐點放在桌子中間的轉盤上，遠遠坐著的南熙仲首先拿了一盤，他用叉子扠了麵包沾湯汁吃下，又嚼著牛排，嘴裡發出吧答吧答的聲音。

——雖然是提前準備的，餐點都涼了，但都是由飯店名廚所做，肉用的是A⁺等級的韓牛；湯不是一般的即食調理包，而是使用真正的松茸、鮮乳和新鮮羅勒等食材熬煮。除了鹽、胡椒，沒有添加其他調味料，兩位可以放心食用。

秋智慧和姜道賢懷疑食物內不知有沒有加了安眠藥，正猶豫拿著叉子，聽完主持人的說明後，扠起一塊肉放入口中嚼了起來。出乎意料地柔軟，被鎖住的肉汁溢出還挺鮮美的。再吃下肉旁邊長長的蘆筍，清爽感頓時在口中舒展開來。秋智慧對於自己在如此緊繃的狀態下，味覺還能正常運作而感到驚訝。

背景的詠嘆調音樂一停，響起了韓德爾的〈讓我哭吧〉，昨天待的自助餐廳也曾播放過這首曲子。當時坐在玻璃窗邊，四面都是一望無際的大海，秋智慧和金成宇一同享用浪漫的一餐，吃完後接著到了游泳池。設置在室內穹頂游泳池，圓形頂篷可以開闔，就算是下雨天也能游泳。兩人在敞開的屋頂下，盡情享受火熱的陽光和鹹鹹的海風。秋智慧躺在貝殼造型的充氣浮床上曬太陽，天生麗質的白皙皮膚和雖然上了年紀仍保養得宜的身材，以及一頭如飾品般的長直髮讓她吸引了不少目光。性感是刺激男性好奇心，還有建立人脈的最佳武器。

她的計畫很快就見效，在船艙內活動時收到好幾張名片，她還和其中一個大企業的高層人員去了他的房間。可以與平時沾不上邊的大企業幹部建立親密關係，這對於她參加皇家學會的意義重大。若與企業的高級主管們熟識，當企業發生紛爭時就可以很容易接到委託。

以那樣充實的心情度過下午時光，晚上則和成宇進行激烈的身體接觸。一年前，金成宇因在法律研修院成績優異，而被事務所招攬進來，分配到秋智慧手下工作，同時也算是她的祕書。成宇先就讀醫學院後來又唸了法學研究所，並通過律師資格考試，不僅聽話同時工作學習速度又快，不管白天黑夜、在公司或床上都受到她的喜愛。

在遊輪上，成宇比任何時候都積極地渴望她，而秋智慧也以品嚐美味的心情爽快地回應。在遊輪上的時間就像豔夏的冰淇淋般，融化得太快而讓人依依不捨。她和成宇滴答滴答的一滴甜蜜也不放過，每到高潮時，總不忘在彼此耳邊呢喃訴說愛語，然後帶著愉快的心情入睡。

一起入睡的人不見了，成宇現在應該在船上四處瘋狂地找我吧？想到這裡，或許可以得救的希望充斥在秋智慧胸口，接著，卻又突變為萬一成宇找不到她的焦躁。她沉浸在如此思緒中，突然意識到南熙仲緊迫盯人的目光。

南熙仲側身靠向桌子，似乎想舔舐她露出鎖骨的胸膛，他的視線讓人毛骨悚然，同時也似乎在尋找下一個刑罰的犧牲者。秋智慧趕緊把目光移到姜道賢身上，他裝作沒看到南熙仲的側目，低著頭像嚼水泥般咀嚼著肉。她為了取得與姜道賢合作，臉上擺起公事化的笑容說：

「法官，聽說您開業了，一直想找機會去拜訪。您手下應該有很多優秀的律師，不過如果有缺的話一定要給我個機會喔！」

聽到她的話，姜道賢抬起頭，雖然覺得是不符合現況、來得太遲又莫名其妙的問候，但他聽出她話中的含意，頷首發出「嗯」的一聲。這代表基於同在法界且日後還會再見面的關係，默許秋智慧想排除彼此、一起攜手對付南熙仲的提議。

第二幕：疾病刑罰

──各位應該都已經用完餐了，那麼休庭時間結束，繼續進行審判。三位剛才在用餐時，應該也同時衡量過誰的罪行最惡劣吧。

聲音剛落，南熙仲就立刻站了出來。

「我在電梯裡看到這個女人跟一個上了年紀的大企業老闆摟著腰，一看就是不正常關係。」

「搭電梯時那個人提出法律諮詢的要求，我答應了，就只是這樣而已，是牧師看錯了吧。」

牧師像尋求支援般，定定地看著法官，又凝視秋智慧。

「神職人員不會說謊，秋智慧，坦白承認是尋求寬大處理的方法。不倫是撒旦破壞家庭的策略。而且妳和隨行祕書之間好像也非普通關係，性墮落在舊約時代可是會被石頭砸死的重罪。請妳悔改吧。」

秋智慧嗤之以鼻，不屑地笑了一下，像看著蟲子似地看著牧師。

「以信仰為藉口做生意，那種事還是別幹了吧。沒有能力、沒有錢、沒有知識的人就只能仰賴信仰，連相信的對象是什麼都搞不清楚，要依靠什麼信仰生活？你們把人抓去教會，剝削勞力、勒索錢財，牧師不就是用這招把小教會變成大教會的嗎？我沒說錯吧？專門騙像我媽媽那樣的老實人，把他們的錢一掃而空。像你這種詐欺牧師，把別人一生辛辛苦苦積攢的錢都騙走，雖然報了案，但我媽一毛錢也沒拿回來。就是有你這種牧師，所以我才會去讀法律，不懂法律就只能啞巴吃黃蓮，有苦自己吞。」

靜靜聽著的南熙仲尷尬一笑，溫順的羔羊面孔瞬間變得陰沉，雙手像祈禱般放在桌子上，渾身顫抖。

「那是因為妳母親遇到垃圾牧師啊。那妳呢？妳才是背叛了相信妳、去找妳諮詢的希秀啊。希秀來找我訴苦，說她找的律師不但不幫忙，反而還站在容錫那邊。

秋智慧，她說她把自己遭受暴力時的錄音檔案給妳，但後來妳卻說從沒收到那種東西，睜眼說瞎話。是妳把被害人的重要證據故意弄不見吧。那樣讓妳得到多少錢？嗯？因為委屈而攻讀法律的人，卻捅了因為委屈而來找妳的人一刀？真正的垃圾是像妳一樣，用知識武裝自己，獲取別人的信任和錢財的妓女。」

牧師與以往不同又厚顏無恥的態度，讓秋智慧皺著眉勃然大怒。

「你才是有從擔任中小企業幹部的金容錫父母那裡收取建設資金吧，你這個宗教騙子！」

「身為律師的人可以這麼容易就被激怒嗎？」

法官夾在劍拔弩張的兩人之間試圖調停。這時主持人的聲音傳來。

——**現在開始數到**三，一、二、三。

兩人的手指向牧師，但南熙仲卻誰也沒指。

——**被告南熙仲被選中了，第二個刑罰是罹患感染引起的疾病。請姜道賢打開桌子的抽屜，拿出骰子投擲。**

畫面上出現了不同數字對應的表格，內容大致分成細菌及病毒兩種，從一到六是腦膜炎雙球菌、A組鏈球菌、肉毒桿菌毒素等細菌名稱，七到十二則是伊波拉、沙門氏菌、疱疹等病毒名稱，光是看的就讓人皺眉。南熙仲卻坐在位子上，舉起雙臂一副得意洋洋、笑嘻嘻的樣子說：

「損害賠償的請求會落到孩子身上對吧？隨便你們，反正海熙只是在戶籍上的兒子，又不是我的親生子女。我只是和信仰深厚、家財萬貫的寡婦結婚而已，只要報復在孩子身上我就能被放出去了吧。既然是用做偽證收取的資金建造的教會，是不是應該放我出去更加努力經營呢？」

面對南熙仲的態度，姜道賢毫不遲疑地擲出骰子。兩顆骰子分別擲出一點和兩點。

——總和為三，感染肉毒桿菌毒素導致麻痺癱瘓。在執行前，先讓激動的氣氛緩和下來，在桌子最內側的收納箱裡有柳橙汁，大家先喝了再慢慢觀賞行刑場面吧。

離收納箱最近的秋智慧把三杯果汁放在轉盤上，盛裝了果汁的玻璃杯上分別標示了三個人的名字。南熙仲用顫抖的手轉動轉盤，把自己那杯果汁一飲而盡，用舌頭舔了舔嘴角說：

「如果再準備爆米花不就更好了？」

秋智慧與姜道賢也各自喝了幾口果汁。

「咳！咳！我……喘不過氣……」

南熙仲突然一隻手抓著自己的脖子走向法官，另一隻手伸出去。

「呃……救我……」

姜道賢急忙起身躲開，南熙仲兩眼充滿血絲瞪著法官，拿起桌上滾動的叉子。

「快放下，你這是要做什麼？」

法官舉起雙手制止，但牧師卻逐漸逼近。

「她……從一開始就很奇怪，呃啊……自我介紹也是最後一個……這所有一切的源頭都是因為那個女人……如果她沒接受容錫的委託……是她拿出這些食物的，故意把有毒的給我……給我喝……」

臉色逐漸變青的南熙仲倚靠著桌子一直咳，越過姜道賢撲向秋智慧。

「啊——」

秋智慧用手遮住臉往後退，叉子插在她手臂上。姜道賢上前試圖阻止，南熙仲卻突然胸口急速起伏，接著便倒在地上。他像被扔到岸上的鯉魚一樣，用盡全身的力氣掙扎著想呼吸，嘴角冒出滾滾白沫。

「主……主耶穌……絕不要寬恕……」

牧師費力地想說話卻沒能說完。

——剛才執行了肉毒桿菌毒素導致的痲痺刑罰。果汁裡的細菌經過食道與會厭而導致麻痺，失去功能的會厭將果汁送到氣管，細菌經由氣道接觸到支氣管和肺部，使呼吸停止。我們認為，與其由南熙仲的子女代為受罰，還不如讓他自己承擔責任，因此對其本人執行了呼吸系統麻痺的懲罰。

南牧師倒下的一側地板打開了，他的眼睛瞪得大大的，撲通一聲就滾落到水中。法官舉起手，取得發言權後立即帶著怒氣質問：

「到底為什麼？這樣不是一直在改變審判的規則嗎？剛才說食物裡什麼都沒有放，結果果汁裡卻放了細菌；說由子女代為受罰，結果也不是。身為這鬼審判劇的主持人，說話反反覆覆，不斷改變審判的規則，根本就不公平，是不公正的行為！」

法官的抗議聲剛落，就傳來主持人的笑聲。

——姜道賢要談論公平，這才是天大的笑話。食物裡什麼都沒有放是真的，第二次審判的疾病感染刑罰的十二種飲料，只有在寫了牧師名字的飲料裡，分別滲入了六種細菌和六種病毒。第一次審判被選中的黃靜珠，以及第二次審判的南熙仲，都是我們預期中的結果。我們知道患有糖尿病的南熙仲會急著想喝甜的飲料。

秋智慧彎下腰再打開收納箱，除了已經喝過的柳橙汁，還有紅酒、可樂、奶茶、咖啡、番茄汁等十一種飲料，每一種都有三杯排得整整齊齊，雖獨沒有寫著黃靜珠名字的飲料。正如主持人所言，那些人似乎早已預測到迄今為止的結果。

第三幕第一場：傷害刑罰

——我們Clean Code接到申希秀家屬的委託之後，已經觀察四位很久了，對你們最珍視及不重視的東西一清二楚。南熙仲最重視的是自己，當然要讓他自己來

受罰才最恰當，這齣審判劇的陪審團也同意了。從現在起的十分鐘之後，將進行第三個刑罰，兩位討論的時間只有十分鐘。

法官「砰」一聲狠狠拍了桌子，大聲地說：

「如果我有錯，我會認錯，現在趕快停止這個審判劇吧！」

——那麼被告姜道賢是承認自己的罪嗎？

「我是清白的。關於五年前的那起案件，基於證據主義審判的法理上，不得不判被告無罪。」

秋智慧聽了姜道賢的話，也積極主張自己是清白的。正如一開始想的那樣，相較於身體傷害的刑罰，爭取留到最後，接受精神上的懲罰會比較好。

——兩位都主張自己清白的，這種積極真是了不起。好，請在九分鐘之內討論結束。

彷彿要迫使兩人討論般，牆上出現了姜道賢的兒子昌運，以及秋智慧的一對龍鳳胎。

「對我兒子來說這刑罰太重了，不如像黃教授、南牧師一樣，由我來承受！」

見姜道賢激動的樣子，秋智慧捂住流著血的手臂，強忍住笑意。看你現在那軟弱的窩囊樣，平時就應該做出公正的判決啊。但現在不是嘲笑法官的時候，原本在家玩積木的雙胞胎和保母一起去了遊樂場，不知何時會以何種形式遭到襲擊，她全身的神經都緊張起來。

雙胞胎是如同自己名片般珍貴的飾品，而那對飾品不是工廠標準化製作出來的，也不是手工，而是她用全身製作而出，還加上時間和努力。

——還有七分鐘。

最後的審判，兩個罪魁禍首坦誠相見，用銳利的目光瞄準了對方。為了讓自己可以成為生存到最後的人，必須擊敗眼前的對手。好啊，就一對一吧，大不了最後由陪審團判決。

「秋律師，也許現在我們最需要的，是真心的懺悔。」

秋智慧毫不遲疑地回答：

「如果要懺悔就請自便吧。反正我沒有罪，法官承受第三個刑罰就行了。」

「當初不是秋律師來找我，說申希秀的陳述是假的嗎？雖然申希秀曾找妳做法律諮詢，但最後妳還是接受無辜的金容錫的委託，幫他辯護不是嗎？」

「你會相信這一點基本上就是個錯誤，法官應該要公平，為什麼要聽我的話？我只是個律師，是法官做出錯誤判決，這個責任當然應該由法官來承擔。」

在秋智慧的猛烈反擊下，姜道賢雙眼發出銳利的光芒，用粗重的低音說：

「秋智慧律師，申希秀那方的檢察官說，妳沒有把被害人的重要證據還給對方。故意折磨被害人申希秀的人，就是妳。」

秋智慧抱著雙臂，歪著頭說：

「所以檢察官不是申請延期開庭，說要等到申希秀重新掌握證據再提出嗎？但是姜法官沒有答應。你對重新鑑定影像拍攝，以及同意書真偽的要求也沒有回應，匆忙做出判決，似乎是不想錯過判決金容錫無罪的最佳時機吧。法官才是早就已經知道一切了，申希秀是真正的受害者，然而你卻拒絕延期和重新鑑定的請求，草率做出了判決，不是嗎？」

「被告方面的證據通過鑑定，公信力有得到了認可，所以才不能接受申熙秀是受害者的主張。我完全不知道妳收買了鑑定師和確認醫療事實的黃教授、證人南牧師。是妳主動找上門來，多次糾纏，要我救救無辜的年輕人啊！」

「呵呵，你漏掉了什麼吧，在審判結束後，你得到一棟在江南區的店面，所有人正是你的兒子姜昌運吧？你在脫去法官袍後就把店面賣掉，將得到的錢作為律師事務所的開業費用。」

在兩人激烈的攻防戰中，主持人低沉聲音插了進來。

——**時間已經到了。**一、二、三。

兩人互相用手指著對方。

——**由於刑罰執行順序未能確定，所以決定權交由陪審團。在陪審團做出裁決之前，被告可輪流進行辯論。被告姜道賢及秋智慧，兩位請準備一個簡短的最後辯論。好，那麼現在請被告姜道賢站到中間。**

姜道賢一站在舞臺中央，白色聚光燈一下就照亮了整座舞臺。

「我身為法官，未能進行公正的審理，宣判不合理判決；沒有按照檢察官的要求，同意延長審判及重新鑑定，這些我承認。當被告方承諾，在我脫下法官袍後，會支持我開設個人律師事務所時，我確實受到動搖。但更重要的是，隨著秋智慧律師的遊說，加上被告提出的證據吻合，讓我心中萌生了正義感，必須解救無辜被誣陷為加害者的年輕人。而秋智慧律師就像刻意巧遇般，不斷出現在我和其他法官們常去的餐廳，找機會說服我。聽到秋智慧律師的話，其他法官們也跟著附和，認為應該教訓一下像中希秀那樣的人。

「因為秋智慧律師表現得如此真誠又積極，讓我覺得金容錫真的是無辜的，加上證據並無異議，我只能做出無罪的判決。但我想強調的是，我和一開始就明知金容錫惡毒的一面、卻仍替他脫罪的秋智慧律師不同，就算我的判決有誤，我也是在不知情的情況下為了體現正義的良心。因此，我認為我應該是最後一個被求刑的人。」

姜道賢的話音剛落，主持人隨即點名了秋智慧。秋智慧雙手聚攏在一起，彎起肩膀，營造出一種最大限度自省的氛圍。

「我，身為律師，除了盡最大努力完成律師的工作外，沒有其他罪狀。我的委託人是被告金容錫，我認為那個孩子是被冤枉而成為加害者的，雖然我是在背後進行收買和操縱，但我是名律師，無論如何偽造，最後綜合所有書面和狀況證據做出判決的負責人，應該是法官啊。就算我偽造，如果法官下令進一步調查，那麼判決就會不同。姜道賢法官希望維持對被告做出無罪宣判的證據，所以駁回重新調查的請求。身為律師，當然應該站在我的委託人立場考量，但是法官不是應該光明正大、明察秋毫，不該偏坦於某一方，並引導做出正確的審判嗎？姜法官對此不但沒有反省，還將他自己怠忽職守的錯誤轉嫁給我，明顯是罪行重大，他應該成為本審判的第三位被求刑者。」

秋智慧說完，就像真的站在法庭上一樣，向看不見的陪審員們鞠躬致意，離開了聚光燈區。

——兩位的論點我都聽清楚了，為了協助陪審員們進行判斷，將會對兩位提出問題。首先與我一起坐在中控室的陪審員中，有一位想向秋智慧提問。

語畢，傳來了可笑的變調聲。

——申希秀在遭受暴行時，曾經有錄音並存在隨身碟中，後來交給了秋智慧，但秋智慧把那個證物交給被告方，並接受了被告方的委託進行辯護，讓無法提供證物的申希秀敗訴。請問，秋智慧是否承認用被害人的證物進行交易？

經處理變調的聲音讓秋智慧感到噁心，但她仍假裝若無其事地回答：

「我說過，那個東西是我不在的時候，由事務長收下的。我本人完全沒有收過那種東西。」

姜道賢一臉不相信，挑了挑眉看著秋智慧。

——知道了。為了進行判決，我已經透過視訊聯繫上證人，接下來就由我來詢問證人。

金容錫宛如木乃伊般乾枯的臉，被特寫在牆面上。攝影機鏡頭拉遠，躺在病床上進行輸液的他全身出現在畫面中，雙手被綁得緊緊的，一旁身材健壯的看護員猛打他的臉，讓他清醒過來。

——為了判斷姜道賢和秋智慧的罪孰輕孰重，即是否故意隱匿證據，本人在此詢問案件被告當事人金容錫。秋智慧在受理被告案件後，是否將申希秀的隨身碟交給了你？

金容錫雙眼彷彿無法聚焦，皺皺的嘴唇微微抽動，不知是不是無法發出聲音，他接著無力地點了點頭。看到這一幕，秋智慧的臉因驚愕和恐懼而扭曲。在沒有窗戶、四面皆是嚴實牆壁的房內，金容錫孤零零地被綁在床上，讓人不敢相信那是五年前還健健康康的青年，現在根本就像個因長期監禁和注射藥物而衰弱的老人。畫面中房間的構造，與秋智慧和姜道賢目前所處的空間一模一樣。金容錫在這艘遊輪的某處被囚禁了五年。

「瘋子，根本就是瘋子。」

主持人似乎聽到秋智慧的自言自語，接著說：

——金容錫的父親金泰煥，為了賠償二兒子闖禍的和解金而大失血，隨著申希秀的死亡，他欣然同意由我們處理這個二兒子。因為他還有大兒子和三女兒，有沒有二兒子都無所謂。因此，雖然對外宣稱金容錫出國留學，但實際上他是被監禁在這艘遊輪的底層船艙直到死亡為止，目前可說是確確實實地服刑當中。

秋智慧的下巴在顫抖。為了報仇，他們準備了縝密的殺人審判劇劇本，在整個一步步進行的過程中，她為什麼一點都沒察覺到？對此她真是後悔不已。律師事務所的代表，把只有菁英才能參加的皇家學會邀請函轉讓給自己，這分明也是計畫的一部分。難道就要變得像金容錫那樣軟弱無力，接受這瘋狂劇本的求刑懲罰嗎？這實在太冤枉了，擔任金容錫的辯護人、偽造證據，那些對秋智慧來說，只是她努力生活的證明啊。

一面牆上出現了決定第三種刑罰細節的圖表，是爬梯子遊戲。如迷宮般錯綜複雜的梯子的最頂端被遮住了，下面起點處則分別畫了小雞、兔子、企鵝、無尾熊等可愛的動物。

——陪審團的判決結果是……

秋智慧突然號啕大哭。

「在勸惡懲善的社會裡，要怎麼教人活得善良、正義？善良活著的人只能吃虧，要活得夠惡毒才能被注意到。你要我怎麼辦？法律？判決？那都是這個充滿問題的世界，為了假裝和平而做的啊！」

主持人沒有打斷她的話，秋智慧更加拚命地吶喊。

「我父母的退休金都貢獻給那個冒牌牧師，每天往教會裡跑，父親為了挽回母親而追出去被車撞死。我們雖然向牧師提告詐騙罪，但是被駁回了。結束後才知道原來法官和牧師在神學研究院時期是朋友。審判不是真實的核心，遊說疏通才是關鍵啊！

「在被判敗訴的那天，我站在父親墳前，聽到了亡父的聲音。在人脈、金錢才行得通的世界裡，如果受到冤枉，那麼冤枉的人要自己出人頭地才行。我只是按照這個世界的規範過生活，為什麼只有我受到懲罰？在這遊輪裡的所有人都應該受到審判才對！大家站在現在的位置上，或是為了爬到這個位置，難道都只做了正義之事嗎？不公平了！實在太不公平！我的孩子又有什麼罪，為什麼也要受到審判？」

秋智慧充分展現了母性，她涕淚交加、跌坐在地，縮著肩膀並抬起頭用充血的眼睛盯著姜道賢。

「大韓民國司法部是獨立的，法官的判決也不是監察的對象，只要審判長一聲宣判就決定一切，這狗一般的制度！這個審判庭上的獨裁權力者應該受到更大的懲罰！就連現在也是打著部長法官出身的招牌、當上律師事務所代表，成為可惡的刑事被告擋箭牌的混帳！」

她脖子上的青筋清晰浮出，充血的眼球裡血管破裂，染紅了眼白的一角。

「你們用這種骯髒的方法進行懲罰，本身就是犯法的——真正的犯罪者，是編出這部劇的你們！」

秋智慧無法抑制憤怒地吐了口口水，把桌子上的器物全掃到地上，但主持人不予理會，只傳來低沉的聲音。

——在古希臘時代戲劇中，有個叫eccyclema的活動式布景舞臺裝置，在劇情達到最高潮時，神乘著車出現在舞臺上，懲罰犯錯的人，拯救陷入危機的主角。但在現代戲劇中，那種活動式布景舞臺不再有神的介入，只有上演墮落世界裡橫行霸道的不正之風。現代社會本身就已成為一齣荒謬不合理的戲劇，在這齣劇裡，必須有人行使神的作用，處罰惡人，被污染的世界才能變得乾淨一點，這就是代替神審判逃避法網的罪人的我們，Clean Code存在的理由。為了懲罰像你們一樣以合法掩護非法的犯罪分子，我們不得不採取嚴厲手段。為了公正又仔細地鑑別罪行，我們再次討論了你們誰的罪行較惡劣。所以陪審團最後選擇成為第三個受刑人的被告是……

秋智慧像是要阻止主持人繼續說下去，淒厲地哭喊。姜道賢坐在椅子上，兩手交握，閉上眼睛。

——姜道賢。

姜道賢瞪大了眼猛然站起身。

「這……不可能！所有偽造的證據都是那個女人做的！她為了幫金容錫脫罪前來找我時，也流下那樣虛偽的眼淚！為什麼是我！」

主持人用絲毫不受動搖的聲音回答，

——如同各位所見，受傷的身體部位和方法將由爬梯子遊戲來決定。秋智慧，請選擇一個妳喜歡的動物。

秋智慧從地板上站起來，坐在椅子上，翹著腿，露出會心的微笑，得意洋洋地看著牆上的圖表。驚心動魄的哭戲沒有白演，她心裡對自己甚感欣慰。陶醉在勝利之中的她垂下還含著淚的雙眼，輕輕笑著說：

「我選擇小雞。」

語畢，畫面上黃色小雞被點擊了下，然後順著梯子路左彎右拐，黃色的線條走到了六號。被遮擋的號碼中同時出現爆炸的圖片。

——選擇的結果是後腦遭重擊，導致身體損傷。基於姜道賢父愛甚深，因此對

子女姜昌運執行刑罰。

畫面變了，出現了走在光化門廣場上姜昌運的背影。經過Le Meilleur商務公寓前的他，被突然掉下的磚頭砸到頭而倒下，隨著「砰！砰！」的巨響，他的頭像餅乾一樣破碎流血。天啊！快打一一九！街上的行人全都慌慌張張聚集過去。

姜道賢看著畫面，掩面癱坐在地，而秋智慧心中湧起勝利感，用嘲諷的目光看著法官，對主持人說：

「那麼，最後剩下的我就會受到精神上的懲罰嗎？但是我除了盡力為委託人辯護之外，沒有其他罪狀。無論是偽造文書、收買鑑定師，還是去說服法官，那都只是忠於為委託人服務的職業道德罷了。或許方法確實不正當，但沒必要對履行職業義務的我施以罰則吧。」

姜道賢站起來衝向秋智慧喊道：

「都是妳！如果當初妳沒有對金容錫的事說謊，那麼我就會做出正確的判決，現在就不會發生這些事了。妳！妳去死！」

他像要掐住秋智慧的脖子，伸出雙臂撲了過來。就在姜道賢的手觸及秋智慧脖子那一瞬間，地板裂開了，姜道賢和被他抓住脖子的秋智慧一起掉進水裡。「撲通！」接著伴隨低沉的摩擦聲，地板關閉了。

第三幕第二場：eccyclema活動式布景舞臺

畫面呈現出空蕩蕩的舞臺，主持人進行了最後的發言。

——第二百八十六場審判劇，演員全體從舞臺謝幕退場。

韓伊秀放下麥克風，向中控室內一名工作人員招手，那人點點頭，關掉了舞臺內的音響。中控室內有操作房間機器的人、確認照明的人、播放影片的人等，總共幾十個人在忙碌著，但是他們都穿著遊輪乘務員的制服。

遊輪上的所有乘務員，都是Clean Code的成員，白天對皇家學會的賓客們盛情款待，晚上則變身成為審判劇的工作人員。他們都曾被專業這把斧頭砍過，是無辜犧牲者的家人、親友，在此合力打擊那些投機取巧、行不義之事的人。

裡面有像主播韓伊秀一樣，丈夫受政治迫害而被犧牲；負責影片後製的技師，是為了替因醫療疏失而枉死的父親報仇；出借這艘遊輪的船東，親弟弟因不實捏造的報導而自殺。Clean Code背後有個龐大的財力家，他另外成立了一個叫皇家學會的社交組織，每年都會投入巨資，邀請成為審判劇被告的人士登上遊輪。這不是真正的審判，只是一場「劇」，是為了日後被告若以實際法律程序究責時，他們可以說這是遊輪派對中的娛興節目為由來規避。

「舞臺美術組把那個房間收拾乾淨後重新布置。現在該準備下一場戲了。」

導演說完，用拇指和中指彈了下手指。

「是，導演。」

幾名年輕人應答著，一邊走出中控室。在另一側，醫療人員以畫面監看落入水中的姜道賢和秋智慧，回報：

「導演，被告失去意識已經兩分鐘了，若不處理可能會造成腦死。」

「ＯＫ，該是展開劇中隱藏的eccyclema了。」

戴著眼鏡、綁著小辮子的導演拿著麥克風，對在姜道賢和秋智慧掉落的水池邊待命的工作人員說。

——游泳池邊的工作人員可以打撈演員了，將他們送往十樓的醫療區域。

站在泳池邊待命的工作人員入水，把姜道賢和秋智慧撈出來，用毛巾擦拭後放在移動床上推走。游泳池變安靜了，導演透過畫面監看位於室內游泳池正上方那層、作為主舞臺房間的整理狀況。只要啟動特殊裝置，那個房間的地板就會打開，下面正是游泳池。導演把原本華麗寬敞的套房改裝得極簡樸素，打造成審判劇法庭，地板打開讓人感覺像掉進大海而非游泳池。導演透過對講機，向醫療區域的工作人員傳達指示。

——第二百八十六場的兩個演員正搭乘貨梯往醫療區域移動中，到了先讓他們在病房中沉睡，天亮之前挪到客房。二百八十七場的演員們要入場，請準備一下。

——是。

透過中控室內的監視器，能看到審判劇舞臺的整理工作已經結束，接下來可以準備把另外四名被告帶進去，上演另一齣審判劇。導演回頭向幾個坐在放大螢幕前的觀眾說：「各位陪審員，剛才觀賞得還愉快嗎？」

「非常感動。我們希秀的恨解了，在地底下心裡一定很痛快。」

陪審團中，一位面容姣好的婦人流著眼淚說。

「是您擔任著名導演的先生，幫助我們Clean Code讓劇本內容更紮實。謝謝。」

坐在婦人旁邊的紳士苦笑了下。

「哪裡，反而是我兒子麻煩你們……」

不等紳士說完話，醫療區域工作人員透過對講機傳來訊息。

——導演，注射抗毒素劑的南熙仲呼吸已趨穩定。二百八十七場的演員們已準備好可以入場。

——OK。Clean Code第二百八十七場，演員請上臺。

導演傳達完指令，又回頭聳了聳肩說：

「哪裡麻煩了？有令郎在，Clean Code的醫療團隊才能如此完善。那麼現在我們要拉開下一場戲的帷幕了。」

在中控室的主畫面中，醫療人員們小心翼翼地讓陷入睡夢中的四名男女，分別坐在四張椅子上。在舞臺外等待的工作人員，聽到裡面敲門聲一響，就立刻打開門。審判劇房間的門只能從外面打開。醫療人員出來後，舞臺上的燈完全熄滅，演員們一個接一個慢慢清醒過來，演出即將正式開始。導演點頭示意，攝影導演開始錄製，韓伊秀拿起麥克風。

——Clean Code第二百八十七場審判劇正式開演。

第四幕：精神刑罰

穿著白色長袍、戴著口罩，頭上的手術帽將頭髮全遮起來的人們來回穿梭。秋智慧微微睜開眼睛，在非同尋常的氣氛中再次閉上眼睛。躺在床上的人不止一個，穿著白袍的人一一確認呼吸和脈搏，給需要的人連接氧氣注入器，直到生命徵象穩定下來，再透過無線電報告。

——導演，注射抗毒素劑的南熙仲呼吸已趨穩定。第二百八十七場的演員們已準備好可以入場。

南熙仲剛才不是掉落海裡死了嗎？為了確認，秋智慧眼開眼瞇著眼睛觀察周圍，看到有個男人向自己走來，連忙又閉上眼睛。

「手指頭明明有動啊。」

男人停下腳步自言自語，身上散發出消毒藥水的味道，而且似乎正仔細打量自己，秋智慧一動也不動繼續閉著眼睛。她聞到消毒藥水變濃，男子正張開她的眼皮確認她是否有意識。她突然起身甩開自己眼皮上的手，指甲用力到陷進那男人的肉裡，同時拚命找出口想跑出去。她才打開房門逃到走廊上，便立刻抓著第一眼看到的乘務員說：

「救我，請救救我。」

她呼吸急促地想尋求幫助，卻感覺到針扎在胳膊上的疼痛，眼前又變得模糊一片。

首先看到橘色的天花板，這不是家裡熟悉的天花板。轉過頭，成宇正在熟睡。頭一陣一陣抽痛，渾身像捱了打般地痠痛。秋智慧扶著額頭起身，急忙找到手機，打視訊電話給保母。住在家裡的保母睡眼惺忪地打了個大哈欠，一邊接起電話。秋智慧急著詢問孩子們是否都沒事，保母滿臉疑惑地說：

「夫人，現在才早上六點，雙胞胎昨晚十點就上床睡覺了，還沒起床呢。來，您自己看看吧。」

保母拿著手機往孩子的房間走，秋智慧看到自己家裡熟悉的動線，看到躺在床上睡得香甜的雙胞胎，她摸著平滑的液晶螢幕上雙胞胎的睡臉。

「嗚……嗚……」

秋智慧先是感到安心，接著全身無力，流下了眼淚。成宇被哭聲吵醒，撿起從她手裡滑落的手機，電話已經掛斷。成宇抱著她，問她是不是做了噩夢。

「可能真的是一場噩夢。還好，現在都結束了。」

她閉著眼睛，聞著成宇熟悉的體味，她腦海中那個瘋狂的審判劇，也許真的就像成宇說的，只是場噩夢而已。她不僅不信教，而且很討厭基督教，但現在卻產生一種想向神這個未知存在表達感謝的想法。

她在成宇寬大的臂膀裡盡情流淚，接著，被混在熟悉體味中、隱約散發出的異味所吸引而睜開眼睛。和酒精很像，是消毒藥水的味道。

「怎麼了？」

成宇凝視著自己的眼神中充滿驚訝。秋智慧沒有回應，並看向自己的手臂。是被南熙仲揮舞叉子刺傷留下的傷口，瘋狂審判劇並不是夢。

「昨晚的事，妳不記得嗎？」

金成宇見秋智慧滿臉僵硬盯著自己，害羞地問著，身上的傷痕和脖子上的瘀青是昨晚兩人熱愛的痕跡，不記得了嗎？但她腦海中活生生的場景要怎麼解釋？在女兒受傷時發出嘶啞哀號的黃靜珠，瘋狂暴走的南熙仲；為了讓陪審團做出判斷而下令進行辯論的瘋狂主持人，還有不知是誰但肯定是個瘋子的審判劇導演。

「我們是一起入睡的，但是我醒來卻發現被關在一個密閉的房間裡。你……沒有聽到我被移動的聲音嗎？」

成宇對她的提問感到莫名其妙地猛搖頭。從表情一片天真的成宇身上，她看到了他手腕上的傷痕。她想起甩開白袍男人的手時，自己的指甲掐入男人肉裡的感覺。

秋智慧這才想起上床前，成宇倒了杯紅酒給她。她跑到衣櫃前，翻了翻成宇放在衣櫃裡的旅行包。小冰桶裡裝著數十個小安瓶，瓶子上貼有葡萄球菌、鏈球菌、伊波拉、肉毒桿菌等細菌和病毒的名字。

「前輩，怎麼了？」

成宇帶著驚訝的表情走了過來。

「不要過來！」

「那些是緊急用藥。這是我以前唸醫學院時的習慣，旅行時都會帶著以備不時之需……」

「那些不是藥，是殺人的細菌和病毒啊！你站住，再靠近的話……」

她後退一步，急忙拿起紅酒瓶，成宇又向前邁進了一步。秋智慧揮舞著紅酒瓶，往房門方向退後，成宇則嘴角揚起，發出低沉的笑聲看著她。

「五年前，被妳背叛的研究生申希秀是我的姊姊。當時我就讀醫學院，因為姊姊冤死而決定再攻讀法學研究所，在研修院取得優異的成績。雖然有許多大型律師事務所想找我加入，但我全都拒絕，一心只為了進入妳的事務所。」

「什麼？你……可是你叫金成宇啊！」

「就是因為怕妳起疑，所以我故意改姓母親的姓。」

他泰然自若地笑著，從口袋裡掏出某個東西拿在手裡看了看。

「這是昨天晚上，不，到目前為止數十次與我發生性關係時，錄下的影片隨身碟。姊姊當初也錄下受害情況，裝在這樣的隨身碟裡交給妳，對吧？姊姊不知道被金容錫跟蹤，她離開妳的辦公室之後，金容錫馬上去找妳，承諾會提供給妳那個當整形外科醫師的丈夫開醫院的經費，於是妳就把證物交給他，然後騙姊姊說原始檔案被刪掉了。」

秋智慧的下巴瑟瑟發抖。

「我的臉用馬賽克處理過了，製作了數十個複本。我也把這段影片上傳到我們律師事務所官網上如何？嗯？妳要起訴我復仇式色情（Revenge Porn）嗎？隨便妳。在工作時與妳共享資訊，妳的指紋和錄音文件都掌握在我手中，不只如此，還有妳同意拍影片的保證書、說愛我的錄音檔，還有昨天拍的影片，這些都會當作證物提出去。法官和雙方律師應該都要各一份吧？對了，也給妳一份作為紀念禮物。反正我已經複製了十幾個，送妳一個也無妨。」

金成宇揮動手中的隨身碟，秋智慧既沒有去搶也不想收下。紅酒瓶從她白皙的手裡滑落，碎在地上。雖然瓶子碎了，但在柔軟的地毯上，沒有發出任何聲音。秋智慧努力壓抑因憤怒而顫抖的下巴，說：

「你，用這些作為誘餌進行威脅，你覺得自己會平安無事嗎？我是如何栽培你的，你竟然……」

秋智慧因太激動連聲音都在發抖。

「妳是指，只叫我不停寫書面資料卻不給我處理實務的機會，還要我當妳的私人跑腿任妳差遣嗎？」

笑容可掬的金成宇，用可怕的眼神瞪了她一眼。

「被金容錫反告誣告罪的姊姊，與我一起去找妳，妳卻從裡面鎖上門避不見面。我們請妳開門，妳只是氣急敗壞地喊著，要事務長立刻叫保全來。我和姊姊就那樣被保全『請』到一樓。如果那時見了面，今天我就不會陪在妳身邊了吧？」

秋智慧說不出話來，金成宇露出嘲諷的表情。

「妳想不到有人會因姊姊的案件如此縝密策劃，耐心地等待向妳報仇吧？因為想不到，所以才會繼續做那些壞事。看來妳也真是愚蠢啊！從不會換位思考，所以才用這種骯髒的欺騙手段提高勝訴率。這是我送妳的禮物，無聊的時候可以欣賞。」

金善宇強行掰開秋智慧冰冷的手，把隨身碟塞進她手裡，然後靠著她的耳朵私語：

「絕望和無力使日常生活瞬間崩潰，那是什麼樣的心情，現在妳知道了。」

這時，客房裡的電視機突然自動打開了。

謝幕：導演之辯

我除了盡力為委託人辯護之外，沒有其他罪狀。無論是偽造文書、收買鑑定師，還是去說服法官，那都只是忠於為委託人服務的職業道德罷了。或許方法確實不正當……

電視螢幕裡播放了秋智慧認罪的場面，於此同時，南熙仲、姜道賢、黃靜珠在各自的房間裡也看到了，曾經是噩夢的審判劇在眼前活生生重現。畫面突然中斷，四人的房裡一片漆黑，就像在亮燈前的小劇場裡一樣。啪啪啪，聽到三聲拍手聲，小劇場的一側牆上出現了影子，是有人一手握住劇本的剪影。

——各位作為即興情境劇的演員，展現了非常出色的演技。當然，各位的生動演技得益於將假想和現實組合在一起的影像。我們在已經錄製的實際人物影像中加入後製，合成為遭遇事故或被殺害的畫面。Clean Code監視組這一年來一直跟蹤、監視各位演員及你們的家人。不僅是各位，連你們家人經常去的地方和喜好，我們都清楚無比。這些是以各位家人平時常去的地方為背景，再添加後製技術編輯而成的影片，多虧了各位真實的反應，讓我和陪審團觀看了一場有趣的審判劇。

各位和你們的子女都沒死，這真是萬幸吧？雖然四位都掉進審判的大海，但為了保有我們Clean Code審判的隱祕性，仍留你們一條生路。善良地活著吧！不過，對於堅持到最後、選擇接受精神刑罰的被告，我在此深感遺憾。如果說其他刑罰是影片造假的結果，那麼最後的精神刑罰，將會是最實際、最深切的懲罰。

受邀登上這艙「Krystal Voyager」遊輪的各位，雖然是在社會上擁有名望之人，卻也是以各自的專業為武器，殘害無辜者的慣犯。皇家學會就是為聚集這些犯罪者而設。審判劇的導演不是一個人，而是因你們這些專業人士而受害的無辜者家屬。

我們擁有各種審判設備，並一直等待在與岸上相距甚遠的這艘船上，呈現表演的那天。等到時機成熟，就邀請各位到小劇場，上演以自己為主角的審判劇，如今隆重地落幕了。各位真情流露、吟誦自己罪狀的表白，也都如實被記錄下來。

大家可以把這齣戲當作一場夢，也可以當作是胡思亂想。但是請記住，在各位蓋手印畫押的登船申報單中，詳列了不可洩露派對相關事宜的保密條款，各種行程安排均為派對餘興節目的一部分，還有日後在法律上也不得構成追訴。當然，或許有人希望將這有趣的戲劇向別人分享，對於這齣優秀的戲，不管想怎麼宣傳都可以。只是提醒大家，各位要公開的，可是自己熱情參與的影片，公開的同時也得承擔起一直以來逃避的社會責任，這點希望大家不要忘記。

乏味的導演之辯到此為止，再過一會兒就是早餐時間了，各位可以使用三樓的

自助式早餐。依照皇家學會的旅遊行程，今晚將靠岸下船，那麼，就請各位盡情享受在這遊輪上的最後一天。

最後，播放大家演出的部分精彩片段，敬請慢慢欣賞。

在勸惡懲善的社會裡，要怎麼讓人活得善良、正義？善良活著的人只能吃虧，要活得夠惡毒才能被注意到……我只是按照這個世界的規範過生活，為什麼只有我受到懲罰？不公平！實在太不公平！

秋智慧想把電視關了，她不想看到自己暴出青筋、睜著布滿血絲的眼睛趴在地上，像野獸般號哭的畫面。但電視畫面無法關掉，她拿起滾在地上的破碎紅酒瓶砸向螢幕。她不停地砸，電視螢幕表面的玻璃碎了，但仍看到自己充滿整個畫面。她拿起紅酒瓶繼續砸，直到發現黑黑的螢幕上反射出自己的臉，她才停了下來，俯視自己滿是鮮血的手。她用那手慢慢掃過臉，抓起頭髮放聲大叫，發出淒厲、怒不可遏、長長的悲鳴。

〈Clean Code〉完

轉　角

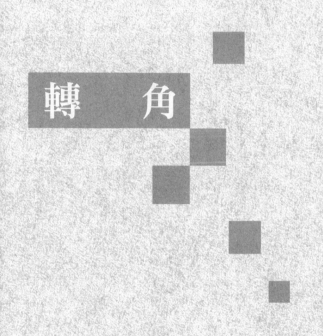

好累。我睜開眼喃喃自語。

一到做夢的日子，總像沒睡著過一樣。不記得夢的內容，只是透過疲倦的身體知道今天又做了夢。就像兩隻翅膀被針釘住，拚命想要掙脫的蝴蝶，我試著動動身體。轉角，是轉角。從睡夢中醒來的剎那，在我面前的是個轉角，與楚妍分開最後一瞬間的轉角。

雖然拐過轉角就能看見楚妍的家，但那天，我必須在轉角處送走楚妍。把轉角的幻象擦掉，將酸澀的眼睛睜得大大的。從窗戶透進來的光線刺眼，我再次體會到，如同一張薄薄的紙就可以在手指上劃下一道傷口，只要一道光，也可以劃傷心口。在轉角與楚妍分手後回家的路上，路燈的光也劃破了我的心。

從轉角處走出來後，經常是這樣。我每天都重新體會到，任何微小的東西都有可能成為銳利的凶器。因此，對於需要寂靜的靈魂來說，塵埃般的刺激也是種痛苦，而那些如塵埃般的刺激中，當然也包括了死命震動的手機。

是李主編。主編不分三七二十一就發了案子給我，即使我說自己正在休息，也無可奈何。原本負責的插畫家畫了兩張圖就音信全無，而且一週後就要印刷了。

主編叫了快遞把裝訂好的原稿送來，要我看完後畫兩張適合的插畫。我才剛掛上電話，可怕的門鈴就響了，送來的是一本名叫《怪談》的書。大致翻了一下，是由幾個短篇集結而成的懸疑恐怖故事，我要畫的部分是〈仙杜瑞拉症候群〉與〈清醒夢〉（lucid dream）這兩個短篇。我想起主編的話，希望我把人物畫得像剝製標本那樣，感覺黏糊糊、陰森森的。

剛成為自由工作者，那陣子沒有工作，於是便廣發履歷給不特定出版社，但與我聯繫的只有李主編。以懸疑、推理、驚悚為主的「李出版社」與我的畫風意外契合，由我負責插畫的書都成為暢銷書。每次再版時，身兼出版社社長的韓總編總會請我喝酒，某天還在他們官網的首頁上傳我的畫作。書迷們掃描插圖，撰寫感想一同上傳；網友們將我的畫作轉發到他們個人的臉書或是Instagram上，自然而然地，委託我畫插畫的人越來越多，收入增加，甚至還買了現在這間房子。因此，我沒有道理不接受給我第一份工作的主編請求。只要畫兩張就好，我只要專心幾天集中精神就可以完成了。

主編給我的時間不多，我播放了〈土耳其進行曲〉，開始閱讀原稿。〈清醒夢〉

的標題意指可以照自己的心意造夢。要做清醒夢需要幾個步驟，故事中的主角為了造夢不斷練習。訓練方法比想像中簡單，先確認自己是否在夢裡，如果是在夢裡，就把想要的場面叫出來，不要讓夢境斷掉。如果我的夢中能夠不再出現轉角就好了，同時也不想再夢到莫名其妙的噩夢。我仔細閱讀書中所寫的清醒夢訓練法。

第一階段，區別夢境。如果要隨自己心意製造夢境，先要能自覺自己是在夢裡還是在夢外，必須要先能意識到自己在夢境裡才能做清醒夢。區別夢境的方法如下：

①發出聲音或說話。如果像錄音帶快轉一樣，發出奇怪的聲音或說出聽不懂的語言，那就是夢境。

②攤開手。如果手指尖沒有緊繃，而是像在水中一樣晃動，像煙一樣模糊，那就是夢境。

③看時鐘。每次確認時，如果時間都不同，那就是夢境。

④確認旁邊的人。如果隨時隨地更換性別和種族，那就是夢境。

⑤環顧四周。實際上不可能發生的事發生了，或是出現奇異的現象，例如青蛙會說話，或是太陽與月亮同時升起等奇特現象，就是在夢境裡。

我接著看第二階段。只要學會第一階段，實踐第二階段就應該沒什麼問題。

第二階段，召喚夢境。確認身在夢裡之後，就可以把想要的場景叫出來。要仔細想想自己要的場景是什麼。召喚夢境的方法如下：

①在夢中想像有個轉角，繞過轉角的同時，腦中想著希望看到的場景。在繞過轉角後，就會看到你所希望的夢境。

②在夢裡想著門，腦中想像希望看到的場景。打開門的那一瞬間，你所想要的場景就會在眼前展開。

③如果習慣了上述兩種方法，即使不通過轉角或門，不管何時何地，只要想像，就能創造出自己想要的畫面。

我把清醒夢的三階段及補充事項都看了，書裡說，每天要記錄自己所做的夢，了解自己夢境的氛圍和結構，以便有助於區分夢境。我決心從明天開始要把夢記錄下來，但除了自己的決心外，我還沒有關於〈清醒夢〉這個故事應該如何描繪的靈感。我打開電腦，執行Painter繪圖軟體，腦中還是一片空白，於是決定去雜貨店買包菸緩解一下。

「八〇一號的小伙子，是不是有什麼不開心的事？不是戒菸了嗎，怎麼又來買菸呢？」

老闆娘又來關心了，每次都這樣，真煩人。舌頭發苦、苦澀才能工作，這是只屬於我的工作咒語，但沒有必要告訴老闆娘。我只是「喔」了一聲，尷尬地笑了笑。

「不是說買紅茶包代替香菸嗎？我們小伙子是怎麼了啊？」

我默默地掏出錢來結帳。之前會買紅茶包來代替香菸，當楚妍還在我身邊時，在我萬萬沒想到楚妍會離去時，我喜歡因為楚妍而改變或產生的習慣，因為那都是楚妍積極介入我生活中的證據，所以我輕易就戒了菸，並開始聽古典音樂。

就算沒抽菸，舌頭還是又苦又澀。把菸盒放在口袋裡，進入大樓的門廳，警衛整個睡死，連口水也不流地熟睡著。我一邊等電梯下來，一邊不經意地看著在電梯門旁貼的公告。

還是畫得不順利，底稿塗塗改改了好幾次，收錄〈土耳其進行曲〉的ＣＤ也已經放了四次。我想吹吹冷風，於是打開門走到陽臺。帶著濕氣的風呼呼吹過，灰濛濛的薄霧籠罩著潮濕空氣。霧中的濕氣，就像隱藏在暗處的動物呼息聲，伺機而動著。霧氣中有人在跑步，我探出頭努力想看清楚跑步的人，突然想到公告上寫著要住戶小心，聽說有人在凌晨看到戴著面具跑步的怪人，請住戶多加注意。現在下方穿著運動服、正在慢跑的人，是個正常的男人。

我抱著手臂看向大樓後方，俯視著瀰漫霧氣的空地。難道是覺得練習跑步很丟臉才戴面具嗎？一定是有什麼不可見人的原因，所以才要戴著面具。我想起自己的學生時期，跑步和美術都不用刻意練習，在班上就經常名列前茅，心中對那個怪人有股悄然而生的優越感。感覺頭腦有點清醒了，我又坐回電腦前，但很快又犯睏。如同窗外瀰漫的霧，朦朧的睡意籠罩全身，想想還是躺在床上暫時瞇一下好了。

是什麼時候陷入沉睡的？我睜開眼睛看著房間裡的電燈。因為被窗外的自然光稀釋，房裡的燈光顯得朦朧。我像是大汗淋漓後吹了冷風般，感到全身發冷，所有關節都像結束激烈勞動的隔天那樣痠痛，渾身疲累。我不敢隨便起身，突然感覺下巴濕濕的，摸了摸下巴，意會到濕濕的痕跡是從眼睛流下來的。連被子都覺得沉重，我一腳踢開。很明顯地，今天又做夢了。

起霧的天氣裡，從傍晚開始就睏意襲人，雖然比平常早睡，但早上一睜開眼睛還是覺得渾身痠痛。更感到不快的是夢，是噩夢，但在醒來的瞬間，夢境都粉碎了，我又回到現實，而且還是不記得到底做了什麼夢。就像召喚惡靈的咒語，只有微妙的音律停留在耳邊。如依稀模糊的回憶、如親切熟悉的氣味，都讓我揪心疼痛。但是我對這不知在哪聽過的熟悉旋律非常警惕，猛然抓住那些音律放在胸前時，似乎會發生什麼事情。就像在撒在石棚下的種子，在暴雨後以可怕的氣勢發芽，葉子瞬間綻放，原本已縮小的不幸又會突然襲來的不安感。

雖然不安，但更想看看不安的根源是什麼。我坐在書桌前開始拿起筆，清醒夢訓練的第一步就是要將夢記錄下來。

我沒有打開筆記本而是拿起畫筆，因為比起寫字，畫畫對我來說是更拿手的語言。在夢境消失前，就算只有一小片段也要抓住。如同白色毛線團纏繞在一起，微白的地面上疊著橘黃色，四周都是朦朧的淚痕，一片模糊。有點像在青春期常做的夢，大概可以歸類為造成自己無力感的夢。感覺無法掙脫、無法割斷、更無法逃出。雙腳像被腳鐐銬住，沉入水深處，而背景和一切事物都模糊的夢裡，我只記得一個影像，以及如煙一般灰濛濛的天空中，混雜著橘黃色的光，還有轉角。我在那裡一步也邁不出去。

我看了看時鐘，看了看自己的手指，試著發出聲音，並且環顧四周，確認自己到底是在夢裡還是現實中。沒有發現任何奇怪之處，時針仍在原本的位置，手指清晰整齊，嗓音很正常，周遭一切都一絲不苟地收拾得井井有條，是沒有任何可疑之處的現實。但如果這毫無疑問的現實是夢怎麼辦？我認為不可能。我看著今天晝的夢境，在淺灰色背景上，那橘黃色光一點一點浸染的……轉角。

不知不覺快到中午了，一想昨天晚上也沒吃飯，就感到極度飢餓。我移動沉重的身體前往廚房，冰箱裡有過期的牛奶和發霉的麵包，還有未開過的罐頭，此外就什麼也沒有了。應該去買個泡麵回來。穿上T恤、正要套上褲子時，突然發覺膝蓋很痛，把褲子放下來一看，膝蓋竟然破皮了，相當於五百韓圜硬幣的大小。脫皮的部位滲出乾掉的斑駁血跡。這種程度的傷口雖然刺痛，不過放著不管應該也很快就會復元。我重新穿上褲子，紮好衣服，拿起皮夾出門。

在雜貨店前的平臺上，包括老闆娘在內的幾名中年婦人聚在一起聊天。

「昨天也出現了。」

「哎喲，是哪個瘋子戴著面具跑步啊，真是的。」

「昨天警衛追上去，那人發現之後反而跑得更快。」

「所以呢？抓到了嗎？」

「沒有啊，那個人跑著跑著就自己摔在花圃裡，但是很快就爬起來逃走了。那個警衛啊，平常是叫他大叔，但實際上都已經是阿公了啊～」

「說得也是，呵呵呵～」

我聽著大嬸們的笑聲進入店裡，店裡又悶又乾燥，我拿起五包一組的「金拉麵」放在櫃檯上，老闆娘進來了。櫃檯其實只是一張光禿禿、鏽跡斑斑的小桌子。兩邊放著兩個透明塑膠罐，裡面分別裝金幣模樣的巧克力和大顆糖果。

老闆娘看著金拉麵一邊找錢一邊說：「怎麼都沒看到你老婆啊，以前她都會買兩包辛拉麵、兩包金拉麵，說你們兩個口味不同。最近是不是發生了什麼事啊，小伙子？」

我默默拿了找回的零錢，抓在手裡轉身就離開了。

進食完後這才有了力氣，凍僵的身體好像一點一點地解凍了。我像從冰箱裡拿出來的條狀年糕一樣，將還是有些僵硬的身體靠在椅子上。比起進度緩慢的〈清醒夢〉，或許我應該先畫〈仙杜瑞拉症候群〉的插圖。為了決定要畫什麼樣的場景，我再次打開原稿。故事是敘述著名的文學考古學家，揭開童話《灰姑娘》的真相。在廚房做苦工的灰姑娘成為公主的童話，其實只是仙杜瑞拉漫長故事的一部分，這也是一個精神病患者記錄自己病症的手記。

仙杜瑞拉對公主的奢華生活感到厭倦，每天晚上都憧憬著女傭的生活。有一天，仙杜瑞拉在陰暗冰冷的小巷子裡醒來，看到自己穿著圍裙，不禁愣住了。在繼母和姊姊們的嘲笑聲中，她翻開自己的日記本，裡面寫著自己贏過姊姊們，成為王子的新娘、成為公主的故事。她這才明白，每當自己對如女傭般鎮日沒完沒了的繁重勞動生活感到絕望時，就會夢想成為公主，並將其寫在日記中。

故事裡的考古學家表示，童話故事不會就此結束，而是無限循環。就像工作疲憊的女傭在閣樓裡夢想當公主那樣，在金碧輝煌的衣帽間裡，公主也在心中憧憬女傭的生活。仙杜瑞拉在自己寫的日記中，過著女傭與公主兩種生活。「女傭」所寫的日記中，公主仙杜瑞拉厭倦凡事有人噓寒問暖的無聊日常，反而想過一過痛苦的女傭人生；「公主」寫的日記中，女傭仙杜瑞拉則為了擺脫瑣碎家務帶來的折磨，幻想創作出了公主仙杜瑞拉。同樣名為仙杜瑞拉的公主和女傭彼此隱藏自己，將眼睛放在牆上如針孔般的縫隙前，偷窺彼此的生活。

故事中的考古學家得到結論，在童話中從女傭變成公主的仙杜瑞拉，不過只是在不斷自我增殖的區間中，截取剎那固定住的半成品，他將這種精神上的症狀定義為「仙杜瑞拉症候群」。

我打算畫的場景，是「在小屋的女傭仙杜瑞拉」和「在衣帽間的公主仙杜瑞拉」，透過牆上的縫隙相互偷窺的樣子。我選擇細薄的線條，橫穿過整個畫面，從上到下，滑鼠跟隨畫筆的動作勾勒。以中線為軸心，畫出互相偷窺對方的兩位仙杜瑞拉的草圖。當然，兩位仙杜瑞拉就像拓印般長得一模一樣。

仙杜瑞拉的構圖簡單，形象清晰，一下子就完成了。雖然還需要再微調上色，但這件事晚一點再做也行，問題是〈清醒夢〉。我畫不出來，想到截稿日就快要到了不免心急如焚。我一刻也沒有休息地不停畫底稿，但幾乎沒有什麼進度，不知不覺太陽也下山了。

「不會畫」和「不想畫」兩者是奇怪的相通。不會畫是因為不想畫，不想畫的原因則是畫不出來，這兩種狀況竟彼此完美相容，就像雙胞胎一樣。兩種情況都是無可奈何，既然已經無可奈何了，我心裡反倒覺得輕鬆了點，決定先去雜貨店買點東西回來做飯。在截稿期限快到的時刻，這真是既奢侈又勇敢的舉動啊，如果畫不出來那真是沒有道理。

雜貨店老闆娘沒再對我做過多的干涉，因為她正專心聽警衛大叔的目擊怪漢故事。我在店裡挑選商品，也多少聽到了一些，說是近看才發現那個怪漢臉上並非是戴面具，而是化了奇怪的妝，從遠處看就像戴了面具一樣。

回家後，我拿出最大的平底鍋，倒入橄欖油，將幾顆蒜頭和切得厚厚的洋蔥放進去炒，等蒜炒熟了，再倒入足夠的奶油，用鹽調味。奶油表面冒出小孔，噗嚕嚕地沸騰起來。把半煮好的麵放進奶油醬裡，一度沉寂的奶油醬因放入的麵條，以更猛烈的氣勢搖曳沸騰起來。現在差不多可以關瓦斯裝盤了。

這是奶油義大利麵。主材料是液狀鮮奶油和義大利麵加上配料，依順序放入鍋中等待沸騰即可，這就是全部的製作方法。因為很簡單，所以和拉麵、泡菜湯一樣，是我少數幾個會做的料理之一。不喜歡油膩味道的我，會喜歡上奶油義大利麵毫無意外還是受楚妍影響。工作進展順利或不順時、接到新工作或完成工作時，楚妍常會煮義大利麵給我吃。當然，我們兩人做的不同，她的可不是這種簡易的奶油義大利麵，而是添加了各種豐富食材和香料，是真正的奶油義大利麵。

楚妍初次在這房子裡做奶油義大利麵給我時，我非常興奮，那代表楚妍終於應允了我的告白。楚妍與我原本應該只是短暫的緣分，那時出版社所屬的設計師休假，期間就暫時由楚妍負責與我接洽插畫工作。但後來我拜託她以後也繼續負責，就私人立場來說，就是希望與她在一起。公事上的請求楚妍應允了，而私底下的告白似乎也有一點希望。工作時的楚妍總是用溫柔的語氣提醒截稿時間，但私底下的她卻很有決斷力，堅持要我按時交稿、要戒菸，並在清一色都是流行歌曲的ＣＤ櫃中，自行放入了古典樂。在播放〈土耳其進行曲〉的ＣＤ時，楚妍說：

「聽〈土耳其進行曲〉，就像是在清醒的狀態下做夢一樣。靜靜流淌的夢幻旋律和粗壯有力的音階交替出現，這就像莫比烏斯帶，幻覺與實際連成一線。不過你知道嗎？〈土耳其進行曲〉實際上要用在行進間會比較困難，因為弱拍比強拍多，最適合用這首曲子行進的，或許是喝醉酒後扭了腳的人吧？也是，夢幻和現實交織在一起，這也許是理所當然的。」

雖然楚妍不在了，但〈土耳其進行曲〉的CD和如魔咒般的奶油義大利麵算是她留給我的事物。雖然想集中品嚐蔓延在嘴裡的奶油醬，但內心一角卻變得孤寂。幸好香噴噴的奶油滲入舌頭，能緩解晦暗的心情。奶油溫潤柔軟，讓我回想起楚妍在我耳邊喋喋不休的說話聲。我打開電視。

「今天晚上許多地方會出現濃霧，提醒各位外出時多注意。」

我懷著輕鬆的心情坐在沙發上看晚間新聞的天氣預報，因為終於完成插畫。

〈清醒夢〉的插畫要如何畫，我一度完全沒有頭緒，雖然感到慌張，但所幸最後終於完成了。這要多虧了幾天前，我把做的夢確實記錄下來。稀薄的底色上漸漸泛起的橘黃色，我每天都在重複著那個夢，雖然無法準確地完整拼好分散的記憶碎片，但是還是盡力湊在一起。這幾天來，透過我的夢境紀錄，畫中呈現出〈土耳其進行曲〉和粗重的呼吸聲、幾個人物、朦朧的月亮和乾枯的樹木。我用印表機印出兩張插圖畫稿，用紙印出來才比較容易看出要修改的地方。今天晚上會有濃霧是吧，我眨著突然下垂的眼皮，拿起兩張印出的畫稿。

只要把〈清醒夢〉的插畫稍微修改一下，明天就可以交出去了。在稀釋的光和橘色凝結的背景下，人和事物像在宇宙真空狀態中一樣隨意置放。彎曲的音符是夢境中響起的〈土耳其進行曲〉的音律，四處亂舞的冰柱是主角粗獷的呼吸聲。粗重的呼吸聲凝結在冰柱上，因為主角即使想跑也跑不出去，這代表了我在夢裡的無能為力。別說跑，四肢突然變得僵硬，而依附著在桶子邊的主角身旁還有個女人。女人可以變成綠色怪物，綠色怪物可以和主角合成。半人半獸。一處角落是一隻在學習的貓，另一邊則塞了個巨大的窗戶。窗外太陽和月光明亮，中間卻呈現出下雨打雷的怪象。在剩下的空位中，畫上指著不同時間的時鐘，強調不現實性。

眼睛漸漸閉上了，我腦中浮現插畫裡主角跑步的樣子。主角雙臂交叉擺動、腳踏踏實實地踩在地上，讓身體不斷往前。在慵懶朦朧之中，我感覺自己的心臟也在規律地跳動，全身散發著熱氣。主角開始跑，跑了又跑，跑了又跑。四周灰濛濛、模糊一片，橘黃色的光逐漸斑駁。熟悉的場景，我知道這是在夢裡。除了腳步聲，我這靜默的夢境中突然變得嘈雜起來。某人的叫罵從我的後方傳來，緊隨其後的腳步聲，我們兩個之間的距離似乎縮短中。綠色怪物正在追逐我。為了甩開一切想束縛我的東西，我更加努力奔跑。

「喂！站住！你是什麼人，為什麼亂闖人家社區！」

叫罵聲更大了。我為了再跑快一點，不小心踩到花圃的矮籬笆而摔倒，怪物拽住我的後頸，盯著我的臉。我雖然不停掙扎，但有三隻怪物纏著我，很難逃出來。

「是八〇一號的小伙子嗎？」

「是我們大樓的住戶嗎？」

頭頂上方某處好像聽到吱吱的噪音。

「我是八棟的警衛，小伙子你這是在做什麼？」

我緩緩轉過去看怪物。

「小伙子，你是那個怪漢？」

怪物變成警衛的臉，轉眼間又變成凶惡的流浪漢。我甩開流浪漢不怎麼強壯有力的束縛，迅速站起來繼續跑。四周被灰濛濛的霧氣包圍，模糊不清，中間看得到橘黃色的路燈燈光重疊、蔓延。我忽然意識到手空蕩蕩的，回頭看了一下。怪物代替我圍著一個女人。熟悉的臉孔，是楚妍。雖然我想回去找她，但是身體不聽使喚，全身彷彿被堅韌的細線捆綁著，我用盡力氣想抬起腿卻一動也不動。全身都在用力，四肢麻木出汗。好累，再也撐不下去。我召喚出轉角，一邊想著楚妍的聲音，一邊猶豫不決地走過轉角。

家裡流淌著〈土耳其進行曲〉，空氣中散發著柔和的奶油醬香。楚妍把義大利麵盛在盤子裡，微笑著遞過來。

「昨天為了截稿一直工作到最後，辛苦了。為了慰勞你，特別煮了滿滿海鮮的奶油義大利麵。」

「都是妳拚命催，弄得我半死不活的。還有明知道對我是力量來源，卻硬是不讓我抽菸。」

「我不是給你紅茶了嗎？一樣都有苦澀的味道啊，今天我也買了紅茶包過來。」廚房的層板上有楚妍買來的紅茶包和金拉麵、辛拉麵各兩包，和調味料放在一起。楚妍的頭髮紮成一個辮子，端莊地露出脖子後側，我吻著她的後頸，今天的楚妍格外可愛。

「好癢，不要這樣。」

「要讓妳更癢才行。」

我輕輕舔著楚妍的脖子，有一點鹹味。

「味道正好。」

「呵呵呵，很癢啦！」

沿著脖子，我還親吻了楚妍的側臉。楚妍是我所能享受的最美好且唯一的美。我悄聲說「我愛妳」，凝視著楚妍的臉。楚妍微笑的臉漸漸褪色。窗外的陽光彷彿被漸漸抹去般，變得像白紙一樣雪白。如沙堡倒塌那樣，楚妍的頭慢慢地揮發，開始散去。

第三階段，延長夢境。為了不讓自己醒來，必須延長自己的夢境。方法如下：

①判別夢境消失的時間。視覺上的東西，即形狀的細節或色彩變得模糊，就代表夢境消失。

②夢境終究是感覺。為了找回夢中的生動感，讓身體的感覺有活力十分重要。為此身體要活動，兩手大力揮動是最有效果的。

③感受到身體的活動感後，再次召喚轉角或門。

我揮動雙臂好一陣子想召喚門，但什麼都沒有出現。我放下痠痛不已的雙臂，抬起沉重的眼皮。渾身濕黏黏的，得洗一洗才行。我拖著僵硬的身體去浴室，不知在夢裡耗了多少力氣，兩腿不停抖著。

浴室裡的鏡子映照著我的臉，臉上有紅色的印痕，像散開的線團般雜亂地絞在一起。鏡子前放著打開蓋子的口紅，我拿起口紅塗在臉上。天啊，真的是我自己做的嗎？我不敢相信、無法相信，而更不願承認的，是現在才浮現的記憶。這個口紅是楚妍最後一天離去時留下的。

那天我勉強送走了楚妍。認識楚妍兩年，如同積滿了兩年歲月灰塵和污垢的相框，楚妍果然成為日常生活倦怠的象徵。我所能享受最美好也是唯一的美，就是楚妍，我曾這麼想過，但那已經變得好遙遠，也想不起她做過什麼可愛的事。楚妍則說我變了，她越這麼說，我越是失去對她的親切。雖然楚妍自己住在很偏僻的地方，但一直以來從未遇過危險，所以對送她回家一事，我總覺得麻煩和煩躁。

現在只要拐過轉角就是楚妍的家，忽然有幾名醉漢擋在我們面前。起濃霧的夜晚，除了橘黃色的路燈光外，偏僻的轉角沒有任何人跡，他們逐漸向我們靠近，我抓起楚妍的手拔腿就跑。過一段時間後，我才意識到自己手裡沒有楚妍的手。醉漢們圍住了跌倒的楚妍。我只猶豫了一下又繼續跑，跑到最近的派出所說明狀況，然後和巡警們一起再回到現場，但巷子裡好像什麼都沒發生般地寂靜。巷子周圍怎麼找也找不到任何人跡，雖然和巡警一起去了楚妍的家，但楚妍不在。在轉角放開手的人不是楚妍，是我。

如果不知道就好了，如果不記得就好了。後悔湧上心頭，渾身發麻、顫抖。我跌跌撞撞地把手撐在桌子上，放在桌上的插畫就這樣掉在地上。〈清醒夢〉裡畫的怪物就是我，放開楚妍的手自己一人跑走的是我，拋棄楚妍逃走的是我。我把掉在地上的插畫胡亂撕掉，即使重畫也好，這幅插圖不會交出去，我無法交出去，不管主編說什麼都無所謂。但任憑我怎麼撕，〈清醒夢〉的插畫卻在我眼前越來越清晰完整。互相怒視的兩個仙杜瑞拉，眼神中的殺氣騰騰勝過好奇。

我瘋狂地搖著頭大喊：這一切都是夢！我看看指尖，再看看時鐘，然後慢慢環顧四周。這是夢！我的聲音響起正確的發音，指尖端正有力，不管看幾次，時鐘都是相同的時間，屋裡也收拾得很整齊。任何沒有在夢裡的跡象，所有一切都平靜地待在原本的位置。然而這是夢，這必須是夢，像現實一樣的夢。毫無疑問，這是像現實一樣的夢。我為了做清醒夢而召喚出轉角，沿著直角拐過去，楚妍正在等在轉角另一邊，無止境地召喚我。

〈轉角〉完

閱覽室
使用守則

「盧大嬸真好，一〇四棟的住戶使用閱覽室都很乾淨，垃圾分類也做得很好，盧大嬸根本就不用做什麼了嘛。」

在社區中某棟大樓的地下室，聚集在勞務休息室的清潔工們一邊吃橘子、喝咖啡，一邊羨慕負責一〇四棟環境清潔的盧順德。

「就是說啊，哪像我們一〇三棟的住戶，真是太邋遢了，在走廊吐口香糖、亂丟垃圾是常有的事，還有人在閱覽室裡把小孩的尿布一扔就走了。閱覽室裡也沒有裝設監視器，誰在裡頭丟了垃圾也沒辦法抓到，真讓人鬱悶。如果對住戶們多說一句，說不定馬上就會叫你走人，又不能抱怨，實在心裡不痛快。」

「是啊，盧大嬸有什麼祕訣啊？一〇四棟的住戶看到盧大嬸，不只會把袋子裡的麵包拿出來分給她，還會跟她說辛苦了，請她喝那種黑黑的叫美式咖啡是吧？我有糖尿病，不能喝三合一即溶咖啡，也想嚐嚐那種黑黑苦苦的咖啡啊。」

就算同事們不停詢問，盧順德大嬸也只是靜靜地微笑，沒有回答，從眼角的皺紋大概可以估算她年紀不小。有著一頭鬈髮還染黑的盧大嬸，在同事們不斷的糾纏下只好說：「哎喲，我哪有做什麼，是一〇四棟的住戶們人都很親切很好啊。」並露出像禮儀小姐般的笑容。

「對了，盧大嬸的兒子不是說找到對象了嗎？上次說有個很喜歡的女孩子，現在還好嗎？」

一〇一棟大嬸的話，讓一〇四棟的盧大嬸深深嘆了口氣。

「見過幾次感覺好像很善良，但其實不是那樣的。我兒子喜歡唸書，希望對方學問也要好。真是的，如果是公務員或老師就好了，但原來不是那樣。」

「哎喲，幫自己的孩子找對象是全世界最困難的事了。」

其中一個大嬸拿了顆新的橘子剝開放進自己嘴裡，就在大家打開話匣子聊不停之際，休息室裡的內線電話響了。

「真是的，妳們都在那裡做什麼？一〇二棟有住戶在抱怨，說垃圾分類場那裡放廚餘的桶子已經滿了，停車場還有人打翻了咖啡，還不快去清理？」

「是是，組長，我現在立刻過去。」

一〇二棟大嬸慌慌張張地吞下橘子，立刻跑去自己負責大樓的停車場。似乎有人灑了一杯黑咖啡，地上髒兮兮的水坑，還有經過的汽車輪胎痕跡，讓整個停車場地面一片凌亂。

「真是……」

欲吐髒話的一〇二棟大嬸，突然發現旁邊皺著眉頭經過的年輕夫婦，立刻把沒說出口的話吞了回去，強顏歡笑，看起來反而像戴了河回面具(注)。年輕夫婦轉過頭去說：

「剛才那個還沾到我們家的輪胎上，清潔大嬸錢賺得可真輕鬆啊。」

「誰說不是呢？看那個大嬸身體笨拙，做事情哪能靈活？」

夫妻倆看似竊竊私語，聲音卻大得像故意要讓人聽到一樣，激起了一〇二棟大嬸的憤怒，但是她沒有還口，而是忍著腰部因椎間盤突出的疼痛，小心地彎身下去，用紙巾先將咖啡水吸起來。

一．最後離開者請熄燈

一〇四棟二〇一號的許恩熙，每棟樓配置給住戶使用的小型閱覽室她幾乎都走訪過了。她雖然是高三生，卻沒有用功唸書上大學的想法，她想要考美容師執照好去找工作。為了迎接開學，想要燙一頭直髮的恩熙來到一間美容院，認識的設計師哥哥成了她的新男友，這也是讓她想當美容師的最大原因。恩熙嚼著口香糖，一邊打開閱覽室的門，裡頭幾個正安靜看書的人露出不滿的眼神往門的方向瞄，看到是學校裡不唸書的恩熙，立刻就垂下眼睛。

恩熙滿懷自豪地找了位子坐下，咔噠一聲打開罐裝可樂的蓋子，咕嚕嚕地大口喝了一口，感覺很痛快。她從媽媽那裡拿到補習費，打算用來作為與設計師男友約會的費用，不去補習班而到閱覽室來，就像是一種打卡的概念。

恩熙打開手機，開始瀏覽剛更新的網路漫畫，看到好笑的地方就「呵呵呵」肆無忌憚地笑出聲。反正她也不看書，在這裡浪費時間妨礙別人學習也挺有樂趣。

然而自從恩熙進來後，原本在閱覽室裡看書的孩子們一個一個離開，恩熙成了

注 韓國傳統「假面舞」使用的面具之一，「河回別神祭假面舞」被指定為韓國韓國非物質文化遺產第六十九號。

最後一個留在這裡的人。在無人的閱覽室中，她用挫刀修指甲，然後打開鏡子，開始細細梳理眉毛。她仔細確認眉毛呈現完美的拱形後，戴上新買的彩色隱形眼鏡，而就在她將臉貼近鏡子那一瞬間，突然發出慘叫聲，因為鏡子裡有人用深邃的眼神注視著她。

「靠！煩死了！」

恩熙撿起掉在地上的隱形眼鏡，回頭一看，是身穿藍色工作服和長靴的清潔大嬸。一想到被大嬸的奇怪目光嚇到，鏡片掉落地上被污染了，一把火就上來。

「大嬸，妳這是做什……」

恩熙還沒來得及發火，清潔大嬸戴著塑膠手套的手就搭在她肩膀上。

「同學，有看到那邊的注意事項嗎？」

大嬸指著貼在桌子上的紙，然而恩熙現在需要的是發洩怒氣。

「大嬸，妳的髒手現在是放在哪裡？這些不是妳要做的事嗎？人家在忙的時候，這樣突然進來造成別人困擾很好嗎？真是有夠沒常識。」

恩熙甩開大嬸的手大聲說。但大嬸依然微笑著，用與平常相同的語調說：

「同學，有看到閱覽室使用守則第一項嗎？最後離開者請熄燈。妳常常最後一個離開卻沒有關燈，好幾次都是我隔天一早來才關的。這樣下去一〇四棟的電費會增加很多，到時候管理室會怪我，那我可是會生氣喔。」

「吵死了，妳管我要不要關！」

恩熙拿起包包和鏡子起身，把閱覽室的門「砰！」一聲用力關上。為了調適心情，她現在最需要男友的安慰。恩熙拿起手機，在通訊錄中按下寫著「男友♥」的號碼。男友接起電話說正在忙，要她等一下再打，但旁邊好像傳來女人的聲音，是客人嗎？恩熙心想現在立刻去美容院看看是不是還在營業，但在去之前得先去洗手間補一下妝。不管在男友身邊是什麼樣的女人，她都要比那個女人漂亮才行。要是戴上剛才掉在地上的那副彩色隱形眼鏡一定很好看，都是那個腦滿腸肥的大嬸害她弄掉，恩熙感到可惜又委屈。

「那個瘋大嬸站在後面看什麼啊，真是嚇死人了。」

恩熙一邊喃喃自語，一邊往與閱覽室有點距離的地下一樓管理室的洗手間走去。她發現今天洗手間的燈不知怎地沒開。她打開洗手間的門走進去，手在牆壁上摸索電燈開關，這時，突然有人猛地拽住她的後頸，接著揪住她的頭髮。她掙扎著，卻被推進洗手間深處。她想大喊，但是嘴一張開，一塊散發著清爽氣味的清潔海綿就塞進了她嘴裡。

「嗚！嗚！」

恩熙想求救，但只能發出沒人聽得懂的聲音。她的頭髮被人從後面抓住，喉嚨也被勒緊，雙手只能在牆壁上亂摸亂抓。突然之間，她摸到了電燈開關，「啪」一聲燈亮了。

在慘白的日光燈下，恩熙被勒著脖子整個頭往後仰，這才看到在自己頭上張嘴笑著的清潔大嬸。

「啊！啊——」

和剛才完全不一樣，大嬸用充血的眼睛看著自己還咧嘴笑，實在太可怕了，恩熙忍不住慘叫出來。

「我不是說，最後一個離開閱覽室的人，要，關，燈。嗯？我不是拜託妳了嗎？去死，去死！」

大嬸咧嘴大笑，猛地翻了翻眼睛，更用力地掐住恩熙的脖子。恩熙仰躺在洗手間地板上不停掙扎，但大嬸用膝蓋抵住她的腹部，她根本就使不上力，意識和眼前都漸漸變得模糊不清。

恩熙恢復意識後，發現自己仍在燈光一閃一閃的洗手間。白色燈光閃閃爍爍，恩熙的眼睛感到刺痛。恩熙站起身看著鏡子裡的自己，一看到脖子上的手印便喚起了剛才的記憶。

「媽的！那個瘋婆子跟神經病一樣。」

後腦一陣疼痛，她用手摸了摸，竟然腫了個大包。恩熙決心要回家跟媽媽講，一定要把那個瘋婆子趕走。她拿起被丟在瓷磚地板一角的包包，打開洗手間的門，清潔大嬸正站在門外。

「什……？」

恩熙嚇得一時語塞，但大嬸一如往常帶著明朗的笑容看著恩熙，好像正在等待著什麼。大嬸的目光輪流看著恩熙和牆上的開關，恩熙這才突然驚覺，用顫抖的手把洗手間的燈關掉。清潔大嬸滿意地點了點頭，笑著拿抹布去其他地方。等到大嬸完全消失在視線範圍，恩熙發抖不已的雙腿這時才瞬間一軟癱坐在地，感覺下面濕濡，似乎是失禁了。

「那個王八蛋！年紀大又噁心，跟我交往居然還敢外遇？哼，那個女人的臉根本像被劈過的木柴一樣。」

「呵呵，要不要我用斧頭把那個木柴女劈開？咔嚓？」

「瘋女人，要是被發現妳的人生也會咔嚓。」

兩個女高中生穿著自行修改過的緊身校服，把冰淇淋外盒和飲料罐隨手扔在大樓下的花圃裡就走了。看到這一幕的一〇三棟清潔大嬸不停咂舌。

「哎喲，這是什麼樣子？看看她們，一定不會在自家的地板上丟垃圾吧。」

一〇三棟大嬸彎下腰想把被扔在花圃裡的東西撿起來，盧順德用充滿慈愛的嗓音叫住女高中生們。

「同學。」

對盧順德這大膽的舉動，一〇三棟大嬸緊張地急忙擺手想阻止她。

「盧大嬸，妳在做什麼？現在的年輕人，要是惹得他們不高興只會讓自己遭殃，妳不知道嗎？要是她們回去跟父母說了些什麼，組長在人事考核上扣分那怎麼辦啊？」

雖然一〇三棟的大嬸拚命想阻止，但兩個女高中生已經聽到，上妝上得像石膏像般的白皙臉龐滿是不耐煩，盯著這邊看。

「沒事，沒事。什麼事都沒有，同學妳們快去忙吧。」

一〇三棟大嬸緊張地雙手一直揮，但盧順德靜靜看著其中一個頭髮比較長的女學生。原本好像在瞪著討厭鬼的女學生，突然像被挨了一拳，迅速地撿起扔在花圃的垃圾。

「許恩熙，妳在幹嘛？」

「喂，妳快把飲料罐撿起來，如果不想被咔嚓的話。」

長髮女學生撿起垃圾，拉著短髮女學生的制服衣角轉身就走。一〇三棟大嬸簡直看呆了，而那兩個學生的腳步越來越快，就像在逃命一樣。盧順德見一〇三棟大嬸用詫異和不解的眼神看著自己，微笑著低聲說：

「我說過了吧，一〇四棟的學生很有禮貌，住戶都很親切善良啊。」

二．禁止在圖書館內飲食，並請務必清除垃圾

一〇四棟一二〇三號的盧永道，故意在無人的週末凌晨來到地下一樓的閱覽室。身為製藥公司營業員的他，無時無刻不在為客戶和上司跑腿，無法擁有個人時間。

——喂，選你這種又胖又醜的小子當營業員，意思是要你從早睜眼到晚上閉眼都不要說廢話，叫你做什麼就給我好好做。

聚餐時，組長當著所有職員的面，又把自己應該做的雜務推給永道了。一度萝

想成為職業電競選手的永道，全心全力地投入遊戲中，那是他唯一的特長也是抒解壓力的管道，但現在連登入的時間都沒有，更別提上線玩了，這樣排名和實力一定會下降，取而代之的是無窮的壓力，而抒解壓力的方法就是到地下一樓的閱覽室。

他當然不是去看書。他會戴著耳機上聊天室，或是看AfreecaTV（注）、看摔跤比賽。

同時他還會搭配泡麵、披薩、豬腳，喝罐裝啤酒，而在沒有人的閱覽室裡做被禁止的事，這本身就讓人感到刺激。每當違反必須清理垃圾的規定，丟下滿滿的食物包裝和廚餘走出閱覽室時，那種心情就像上司把自己的雜務推給別人一樣，永道感覺那垃圾般的壓力也轉嫁給了別人，心情頓時變得痛快起來。

永道今天也來到閱覽室，打開筆記型電腦，用淨水器的熱水泡泡麵。在白熾燈排列的天花板下，用隔板分成的一人用桌子上，他翹起二郎腿，一邊打開罐裝啤酒

注　AfreecaTV前身為遊戲代理商，現在則是韓國的影音網站，提供玩家下載自行開發的AfreecaTV影音錄製軟體，玩家可將自行錄製的影片上傳。

喝了一口。

「啊！就是這個味道！」

泡麵辛辣又熱燙燙的湯汁和讓食道降溫的冰涼啤酒結合，令人不由自主地發出讚歎。連上AfreecaTV切換頻道，他選擇了直播主Banzz的吃播影片，這次是吃十人份的烤五花肉。光看著畫面中烤盤上噴出的油滋滋作響，都能彷彿聞到香味，烤豬肉的氣味刺激了他的唾腺。他想起廚房的小型瓦斯爐和平底鍋，還有幾天前買的五花肉。如果現在回家去拿了再過來，泡麵就會糊掉，於是他決定先吃泡麵。

「簌簌、簌簌簌。」

伴隨著貪婪的聲音，如真空吸塵器般吸入麵條的同時，他發現好像有什麼東西貼在閱覽室的窗上。是無殼的蝸牛嗎？不是，太大了。還是馬鈴薯？仔細一看，肉色馬鈴薯長著眼鼻嘴，緊貼在窗戶上，正盯著永道。

「啊，好燙！」

永道嚇了一跳，一不小心把泡麵的熱湯都倒在膝蓋上。那個人就像尋找隱藏的圖畫般，似乎希望永道找到自己，在閱覽室白色燈光反射的窗戶外穩穩地貼著。永道想到那人不知何時就在那裡盯著自己，不禁感到毛骨悚然。

永道把泡麵的湯大致擦了下，然後拉下窗戶上的百葉窗。見對方沒什麼進一步動作，想來應該不是這個社區大樓的住戶，也許是附近其他大樓的人，也就是說是外人。趁著回家去拿爐子和肉，不如順便把濕掉的褲子換掉也好。永道一邊想著，一邊打開閱覽室的門。

拿完肉回來，看到閱覽室的門窗全都打開了。因為換了件短褲，永道長滿腿毛的腳頓時起滿雞皮疙瘩。

「該死，這麼冷誰把門窗都打開？」

永道在瓦斯爐上放好平底鍋，再將肉放進鍋裡，接著去關窗戶，居然又看到剛才在貼在窗戶上的那張臉。

「啊啊啊！」

他嚇得一屁股跌坐在地。再度與那個既像馬鈴薯又像肥雞蛋殼的模糊臉孔面對面，前一次把膝蓋弄濕，這次是跌坐在地上，而且這回永道的心跳加速得像快死了一樣。就是這種女人偷窺的眼睛，讓他在半地下室的房間裡住不下去。前女友對著迷於電玩的永道說兩人沒有未來，因此離他而去，永道每每想起，心裡總是覺得很委屈。在電玩遊戲中相遇而交往的女友，卻因電玩離開他。接到分手訊息，他憤而不顧一切地找工作，好不容易被錄取了，但上班五天以來一直在做雜活和幫人擦屁股，現在好不容易可以抒解壓力，怎麼可以被妨礙呢？

「妳是誰！喜歡到別人住的大樓來偷窺嗎？我現在就要報警抓妳！」

永道拿起手機大喊。這時窗外傳來呵呵呵的笑聲，接著女人用穩重又低沉的聲音說：

「孩子，我是一〇四棟的清潔大嬸啊。」

「啊……什麼？」

永道一陣慌張。每張桌子上都貼著的閱覽室使用守則第二項，禁止飲食及必須清理垃圾。她該不會一直在監視有沒有人違規？本來想裝傻，但平底鍋上的肉發出滋滋的聲音，烤得焦黃焦黃，香味也撲鼻而來。正當永道猶豫著該怎麼解釋時，大嬸打開閱覽室的門站在那裡，突然說：

「一定很好吃。」

「什麼？」

「我兒子也很喜歡吃烤五花肉，用功的時候為了補充體力，經常去吃刨五花肉。」

「喔……」

「一定很好吃，我從休息室拿了些鹽過來。」

看伸直了脖子，笑得眼角皺紋更深的大嬸，永道拿出多餘的竹筷子，大嬸吧答吧答地嚼著肉，永道也用大嬸帶來的鹽蘸著吃肉。

「嗯，別人的肉好吃吧。不過要是誰這樣咬我的肉一定會很痛，怎麼能咬得下去呢？」

永道在尷尬的氣氛中吃肉，聽到大嬸低沉的話，一不小心便咬到自己的口腔內壁。

「呃啊！」

吐出咀嚼已久的肉，上面都沾到血了。

「是吧，很痛吧？咬自己的肉會痛，咬別人的肉也會痛啊，所以己所不欲，勿施於人，閱覽室的守則就是這個道理。」

搞什麼，這個大嬸是神經病吧？如果是要求他遵守禁止用餐和清理垃圾的守則，那麼剛才吃泡麵喝啤酒時就該說了，何必非要在他烤好五花肉，她自己幾乎吃光了才說？真是讓人無語。話說回來，其他清潔人員和管理事務所的人都下班了，週末凌晨她卻還留下，而且還在閱覽室，實在很奇怪。

「給你。」

大嬸把衛生紙遞過來，永道反射性地接過來想擦掉血跡，才剛靠近嘴邊，突然聞到一股刺鼻的臭味。他仔細翻看衛生紙，才發現上面有黃色的水漬。那是擦過尿液的衛生紙。

「孩子啊，我就是為了看看是誰在閱覽室裡做這種好事，所以今天才沒有回家，我自己的兒子現在可是在家裡沒有飯吃、餓著肚子。我兒子和你的年紀差不多，為了找工作努力用功讀書，最後考上了公務員。我每天幫他準備便當，因為他說吃外面要花錢。我的兒子就是那麼精打細算的孩子啊。」

「呃，呃……」

大嬸把紙巾、泡麵的保麗龍碗碎片、易開罐啤酒的瓶蓋、披薩碎片等全塞進永道嘴裡，他一時說不出話，只能發出痛苦的呻吟。大嬸一手壓著永道的肩，另一隻手把垃圾一把一把地塞入，就像為兒子準備晚飯的媽媽，臉上帶著慈祥的笑容。

「放……放開我……」

永道感覺自己的身體完全不受控制，這才想起剛才大嬸拿來的鹽巴只有自己吃過。香蕉皮、口香糖紙、舊報紙等垃圾不斷塞進喉嚨，他幾乎要窒息而死。

「救……救命……」

永道的眼睛失去焦聚不斷流淚、說話打結，大嬸則拊在他耳邊，私語般地說：

「垃圾啊，就要收拾。既然你喜歡在閱覽室裡吃東西，那就在這裡把該收拾的也吃掉吧。你也是垃圾啊，那我直接按部位進行分類回收。」

低聲說話的大嬸掏出了一把閃亮的鐵鉗，永道眼前一黑，昏了過去。

「我的乖兒子真是孝子啊。上大學時，下午沒課的日子裡，就會到我工作的大樓來幫我打掃。」

「盧大嬸只要講到兒子就會口沫橫飛，樂得跟什麼一樣。」

「沒錯，平時沉默寡言的人在誇耀兒子時，嘴巴就停不下來，還真是傻媽媽。」

各棟樓負責的清潔大嬸們聚集在休息室，一邊迅速吃著已放到糊掉的炸醬麵，一邊聊著天。大家飛快地動著筷子，只有一〇四棟的盧順德，不知是否捨不得不誇兒子，乾脆放下筷子繼續說：

「我兒子很愛乾淨，所以家裡也打掃得很乾淨。他還很守法，無論在哪裡，只要是規定不能做的事，他死都不會做，所以才會去考法務公務員。」

「是啊，那是當然的。不過最近一〇四棟那個平常上下班時間都會看到的胖胖年輕人，就是每天手機不離身，總是說『是，是』一掛上電話就說『他媽的，他媽的』那個人，最近似乎瘦了好多啊。」

「我也看到了，減肥是我的畢生願望，真想去問他是怎麼一下就瘦下來的。」

「唉，那個方法妳不行啦。」

盧順德突然回應，其他大嬸們都直愣愣地看著她，其中一位大嬸點頭說：

「對啊！盧大嬸是管一〇四棟的，看來是有去問那個年輕人減肥祕方吧。所以他是用什麼方法？」

「吃垃圾吃到吐為止，隔天開始就絕對什麼胃口都沒了。」

盧順德嚼著麵條含糊不清地說著，沒人聽到確切的內容。

「盧大嬸妳說什麼啊？吃野雁(注)的肉吃到吐？」

「看來是吃肉減肥法裡的皇帝減肥法吧。」

「要吃到馬肉都很難了，上哪裡去找野雁的肉啊？」

「所以才說是需要很多錢的皇帝減肥法啊。」

幾個大嬸邊說邊笑，同時清理吃得精光的空碗盤。盧順德也微笑著，但她是因為想到最近發現一個和兒子很匹配的新對象。

注　韓文野雁（기러기）與垃圾（쓰레기）的發音相近。

三．個人物品妥善管理以免遺失，公用桌子禁止塗鴉。

一〇四棟八〇五號的文佳英，為了取得日語資格二級的證照，今天也是一下班就到地下一樓的閱覽室，找了位子坐下後打開教材。她上午在空服員補習班上課，下午到藥妝店當店員，只要來到閱覽室，身體就像灌了鉛般十分沉重疲憊。她一口喝下裝滿保溫瓶的咖啡，書唸了一陣子便感到有尿意，去上了洗手間後又再回到閱覽室。

清潔大嬸正在打掃地板，見到佳英對她笑了笑。佳英也回以微笑然後走向座位。不久前遇到大嬸，大嬸曾問過她有沒有男朋友，之後就經常見她來打掃閱覽室，而她一直想裝熟這點讓佳英很有壓力。今天也像是在老鼠群上打轉的黑鳶，感覺大嬸依舊想找機會跟自己搭話，故意拿著拖把在閱覽室地板上一直轉，而地板早已經光可鑑人了。

在大嬸開口搭話前，佳英迅速回到座位坐下，但發現她在上洗手間前放在桌上的保溫瓶不見了。閱覽室裡除了自己只有另一個人，佳英對正在打掃的大嬸產生懷疑。遺失一個保溫瓶不算什麼，但那個保溫瓶是已跟媽媽離異的爸爸，為了祝福她順利考上空服員而買給她的禮物。

「大嬸，不好意思，請問您有沒有看到我桌上擺的保溫瓶？」

佳英面帶微笑地問大嬸。

「不知道耶，我也是剛剛才進來，沒有看到。」

佳英說了聲謝謝後，就回到自己座位坐下。

「八〇五號的小姐果然很有禮貌，品行又端正。」

對大嬸的稱讚，佳英再次表示感謝，隨即大嬸就開始問她會不會很寂寞？理想型是什麼樣的人？用功的時間都不夠了，不會看狀況硬要搭話的老女人實在令人不耐煩，但佳英還是靜靜地保持給人好印象又模稜兩可的微笑。

但是上午為了塑造空服員的形象，下午為了接待客人，一直不停翹起嘴角、顴骨上揚，讓她壓抑已久的怒氣終於爆發了。佳英的表情開始變得越來越難看，說話粗魯的大嬸終於帶著拖把離開閱覽室。佳英為了放鬆並順便休息，坐到另一個位子開始在桌上塗鴉。

「活著好累，真羨慕含金湯匙出生的人」「秀妍❤娜拉」「加油！一定要合格！」這些看起來像是由不同的人所寫，根據不同內容，使用的字體和筆也不一樣。一〇四棟附設的小閱覽室也由清潔大嬸管理，佳英知道這點，所以她一直用這種方法小心翼翼地報復那個煩人的老太婆。但是隔天用筆寫的字總被擦得乾乾淨淨，酒精和洗滌劑似乎很快就能將其清除掉。

佳英在不同的地方塗鴉完、收拾筆袋時，突然從美工刀上得到了靈感。

「好啊，今天就用刀來塗鴉！」

在心裡默唸著「eureka（注）」的感嘆詞，佳英甚至有一點遺憾，為什麼到現在才想到呢？懷著雕刻匠人的心情，佳英手裡拿著美工刀，一刀一劃用心地在木桌上開始刻著，完成的文句是「去死吧，臭婊子！」。

在欣賞完成的雕刻作品之際，佳英想起今天從中學生那裡聽到「臭婊子」這個詞。今天下午四點左右，穿著校服的中學生走進店裡，先是假裝在看化妝品，五個人圍著展示架圍成一個圈，其中兩個人突然問起來這個怎麼用、那個怎麼樣，感覺得出來是想偷偷摸摸做些什麼。果不其然，她後來發現指甲油和口紅少了幾個，攔住正要出去的中學生檢查她們的書包，果然在裡面找到商品。

店經理稱讚佳英做得好，但高興的的心情只是暫時，一個小時過後，中學生的媽媽出現，拿了幾張萬元鈔票就往佳英臉上丟。

——去，錢給妳，給錢買總行了吧，敢說誰家的女兒是小偷啊！

中學生的媽媽像暴發戶一樣撒潑，抓住佳英的領口大罵起來。臉上長滿青春痘的中學生架著胳膊，在佳英面前字正腔圓地說：「連雞巴都不如的臭婊子。」母女倆發洩完之後得意洋洋地離開，經理報警但警察過了好久才來，警方最後僅建議如果覺得委屈，可以提出告訴。

經理當然說不起訴，就這樣讓警察回去了。佳英總是想起在自己面前撒錢的臭女人，以及在旁邊嘻嘻哈哈的醜陋中學生。偏偏在這麼倒楣的日子裡，連保溫瓶都弄丟不見，佳英更煩躁了。

她帶著爆發的怒火，一字一句地刻下了憤怒，就這樣在桌子各處完成了用憤怒

注 意指「我發現了」，源自希臘文，用在發現某件事物或真相時的感嘆詞。

化成污言穢語的美術字。佳點感受到藝術昇華後帶來的宣洩快感，心情頓時輕鬆了一些。

不知是不是因為剛才喝了大量咖啡，她又再次產生尿意。前往管理室洗手間途中，她看到清潔大嬸們的休息室門半掩著，一〇四棟的大嬸手上正拿著自己的保溫瓶。

「大嬸，妳為什麼偷別人的東西？」

佳英一把推開門，質問驚慌失措的大嬸。

「剛才問妳有沒有看到保溫瓶時就吞吞吐吐的，這算什麼？還偷偷藏起來。自己買不就得了，又沒有多少錢為什麼要偷別人的？真是有夠髒又噁心！」

佳英似乎要彌補今天從中學生和她媽媽那裡所受的委屈，她怒氣沖天。感受到藝術昇華帶來的宣洩只是一瞬間的事，忍了許久的憤怒一舉爆發，就像大雨潰堤般，憤怒的能量一下噴湧而出。

佳英狠狠罵完大嬸後來到洗手間，卻發現洗手台旁放著保溫瓶的蓋子。她這才想起，剛才上洗手間時，想說順便把喝完咖啡的保溫瓶洗乾淨，就一起拿來了。

「哼，誰叫她要做讓人疑心的事。」

佳英這才意識到，大嬸在休息室裡拿著保溫瓶翻來覆去，應該是想看看有沒有寫名字或確認是誰的東西。雖然事後想道歉，但她當下實在太生氣，畢竟還對人發了脾氣。佳英覺得今天沒有心情看書了，於是回到閱覽室拿了包包後便回家。打開密碼鎖進門後，佳英就走進浴室在浴缸裡放熱水。

嘟嘟嘟嘟，噠噠噠噠。躺在床上稍作休息的佳英，被大門密碼解鎖、開門的聲音驚醒，心想難道是去旅行的媽媽提早回來了？媽媽和朋友們去濟州島打算住七晚，現在才第三天而已，怎麼那麼早就回來呢？佳英想著想著，眼睛又閉了起來，突然驚覺在玄關脫鞋的聲音很陌生。一個自戀到離婚的媽媽，最喜歡打扮自己，幾乎都穿高跟鞋，但從鞋櫃那裡傳來的脫鞋聲，卻是那種厚底低跟，像脫下靴子那樣的聲音。

「媽？」

聽到佳英的話，進入玄關的人沒有回答。

「媽，是妳嗎？」

佳英從床上起身的瞬間，房間的燈也亮了。

「怎、怎麼會……」

在佳英眼前的不是媽媽，而是面帶微笑的清潔大嬸。

「什麼怎麼會，在我們這棟樓發生的事，我沒有不知道的，所以知道八〇五號的密碼也沒什麼了不起。」

清潔大嬸親切回答著，語調讓人感到毛骨悚然。

「不是那個意思，我是問妳現在在這裡幹什麼！」

「當然是來打掃啊。」

大嬸拿起隨身攜帶的清潔箱。

「我一直以為八〇五號的小姐有禮貌又品行端正，如果八〇五號小姐向我道歉，我肯定會原諒，並介紹我的兒子給妳認識。」

大嬸自言自語著，眼睛滴溜溜地轉，並從便攜式清潔箱中，左手拿出丙酮，右手拿著砂紙，向佳英靠近。

「但是別說道歉了，還在桌上塗鴉？筆畫的可以用丙酮清，但刀刻的就要用砂紙磨。為什麼？閱覽室是大樓的公共設施，在公共設施上塗鴉可不行啊。」

佳英發現自己把手機放在包裡，她迅速起身去客廳。雖然想用客廳的內線電話聯繫警衛，但是大嬸握力更強。大嬸抓住佳英的脖子，將她摔在地上，用膝蓋抵住她的肚子，抓住佳英的手。

「妳在做什麼？瘋子，放手！」

「這手有很多塗鴉，我幫妳擦乾淨。」

大嬸翻過佳英的手，在五個手指上灑了丙酮，然後把佳英的手壓在地上，開始用砂紙摩擦。

盧順德一邊哼著歌一邊下班，雖然已經不是深夜而是凌晨了，但一〇四棟的閱覽室，以及用砂紙磨得亂七八糟的佳英家，現在都已收拾得乾乾淨淨，今天的工作都做完了。順德打開在半地下室的大門，到廚房拿出櫥櫃裡的營養罐，敲了敲對面房門。

「兒子，還好嗎？今天媽媽回來得晚了，肚子餓了吧？媽媽進來囉。」

一開門，整個房間就像冰桶般寒氣襲人。在空調全天全速運轉的房間裡，書架上放滿了公務員考試參考書及各種法律書籍，書桌上放了積滿灰塵的九級法院書記助理合格證。房間中央的床上，躺著一個皮膚散發青光的男子，順德用熟練的手法，透過連接男子鼻子的軟管，滴入灌食用的營養素飲。

「兒子，多吃一點。我說的那個很善良的八〇五號小姐，了解過後才知道她根本就不遵守閱覽室守則，是個不遵循法律精神的人。而且，還對我犯下錯誤，對我大吼大叫的。將來擔任法院書記助理的兒子，當然不能跟那種不守法規的女人在一起。媽媽如果再打聽哪個善良漂亮的小姐，一定會先調查過，我不會讓兒子孤單的。」

從鼻胃管滴入的營養素雖然流到管子外，但盧順德仍用充滿愛的手輕輕撫摸男子的臉頰。盧順德的手撫過，男子泛著青光的臉頰肉黑黝黝地垮下來。

「你不是跟媽說過嗎？不要沒事就低頭彎腰，有什麼理由就堅定地說出來。所以媽媽啊，立刻就去糾正八〇五號的小姐。現在的我，不會再像軟體動物一樣，到處彎腰屈膝。所以兒子啊，你要快點好起來，嗯？」

盧順德想起半年前，兒子為了拿剛考取的公務員合格證給她看，特別跑到她工作的新市鎮社區大樓。在地下一樓停車場，她才剛清潔完，一個玩滑板的孩子速度太快，不小心跌倒滾在地上膝蓋受傷，孩子的爸爸把順德叫來。

——大嬸，妳用濕拖把擦得那麼濕是怎樣，妳看我兒子都滑倒了！

被兒子輩的男人質問，長期擔任大樓清潔工的順德臉也漲紅了。來來往往的人都在議論，周圍人紛紛湧來，孩子的母親不知何時也加入、指手畫腳的。

——大嬸，現在馬上拍X光，看來我的孩子骨頭斷了，我會向妳要求損害賠償的！這裡人來人往，怎麼能這樣亂打掃呢！

用濕拖把擦過有些水氣的地板早已經乾了，但旁觀看熱鬧的人當中沒有一人出來仗義執言。順德想在組長來之前得趕快把事情解決，於是向他們道歉，說下次一定會注意用乾透的抹布清潔，一再彎腰低頭鞠躬。

——這是在做什麼？是您兒子太頑皮滑得太快，看到有車子進來為了閃避才重心不穩摔倒的，我都看到了。對一個與父母同輩的長輩說話，可不能這樣無禮啊。

順德的兒子不知何時來到旁邊，忍不住開口。

——你是誰啊？是我們大樓的住戶嗎？

——看來是清潔大嬸的兒子。

——看到？看到什麼？我看到的是孩子因為地上太濕而滑倒了。

圍觀的人們紛紛嘀嘀咕咕，有人站在孩子的父母那邊附和著。原本一直雙手合十道歉的順德被兒子拉住。

——媽，我們走，不要沒事就低頭彎腰，有什麼理由就堅定地說出來。那個小孩會跌倒不是媽的錯，妳不需要這樣。

兒子強而有力的臂膀拉著順德走，但忍不住怒氣的孩子爸爸從背後使勁推了兒子一把，要他好好道歉，失去重心的兒子因此摔倒、頭部著地。雖然緊急聯絡一一九送往醫院，但醫師仍是判定腦死，勸家屬終止延命治療。

順德眼眶裡噙著淚水，但嘴角上揚，露出微笑。一輩子獨自撫養兒子，從不在兒子面前顯露疲憊、悲傷的功力，讓她瞇起眼睛露出微笑。

「兒子，你知道媽媽一向以你為傲吧？媽媽這樣努力活著，我的乖兒子也要快點好起來，知道嗎？媽媽愛你。」

順德對著兒子的臉輕聲細語地說，近得像要聞兒子的體味。雖然屋內瀰漫著惡臭，但順德卻像吸了花香般微笑著。

〈閱覽室使用守則〉完

自我
魔術方塊

叩叩

——逃跑也沒有用，他們總是追上來找我。不管我去哪裡，就算躲在深處也一樣。快點。要逃跑才行。要快點跑才行。前往向西延伸的奇異庭園。

「我不認識四五〇九……不是，我不認識那個女人，只有在二手拍賣社團裡交易過相框而已。因為商品有瑕疵，她百般挑剔，我就乾脆賠償給她。就只有這樣，我連她的名字也是到現在才知道的。」

「但是她在失蹤前一個小時打了十次電話給你，你卻一次也沒有接。」

刑警斜睨著我的臉，目光銳利。他想讓我開口說話，但我真的一無所知，無可奉告。她和我是透過一個二手拍賣社團聯繫上的，買賣時是初次見面，接著她要求賠償時又見了第二次，就這樣。直到今天接到刑警的通知為止，我只記得她手機號碼的末四碼是四五〇九，我完全沒有必要為她的失蹤負責。她打了十通電話我都沒接，那是因為當時我在陽臺上工作，手機調成震動模式、放在房間的沙發上，所以根本不知道。

「我們知道，我也知道徐異園先生的職業，還有你和李知英小姐為何見面。」

刑警語帶壓迫地說出我的名字，然後把一個閃閃發光、有著吊飾的粉紅色手機放在我面前。從手機螢幕上可以看到一面牆，用我做的相框裝飾得密密麻麻，那是我家的客廳。失蹤的那個女人雖然有進入我家，但我不知道她有拍照。

「哇，這整面牆好像一個大相框。」

第一次見面時，她把手伸到客廳牆壁上，一一輕撫著相框說。

「不過你為什麼不拍照，而只是製作相框呢？」

她突然轉過頭來，鼻子瞬間彷彿要碰到一直跟在她後面的我。

「因為……我是為了藝術而創造藝術。」

我往後退了一步說。她大步靠過來，像是想用鼻子碰觸我的下巴，抬頭邊看邊問。

「那是什麼意思？」

「一般人只把照片當作藝術，裝載照片的相框被認為只是附屬品。但同一張照片，會隨著裝入不同相框而顯現出不同價值。所以我不拍照，而是做相框……」

她攬住我往後退的腰，然後將鼻子貼在我胸口呼哧呼哧的。

「你說得太長了。」

她像小狗般的親暱行為既讓人慌張又忍不住莞爾。她解開我的腰帶，褲子滑落碰到腳背。我告訴刑警這件事，是因為她的手機裡存有我睡著的照片。

「但那真的就是全部了。又不是說只睡過一次，就算認識那個人吧？」

一覺醒來，她就站在我眼前看著我。她指著我上傳到網路上的桌上型粉紅色相框，付了指定金額後就離開我家。現在回想起來，在來我家前、約在咖啡店見面時，說不定她就在我喝的飲料裡放了不明藥粉，所以我才會大白天就和首次見面的女人在一起時睡著。

刑警不聽我的辯解陳述，只是指著那女人手機裡的照片。我疲憊地嚥下近乎乾涸的唾沫，刑警又給我看手機螢幕。螢幕上，陶瓷娃娃碎片散落一地，照片底下寫著簡短的文字：不滿意的話，隨時都可以打碎，就像不聽話就折斷脖子的玩偶。相框工房作家語錄。看到李知英在個人臉書上的貼文，我很氣憤，我從沒說過那樣的話，而且怎麼想，那種話都不會對初次見面想買相框的女人訴說。

「徐異園先生，還是請你仔細想想，會不會是喝醉所以不記得了……」

刑警看著我，一邊的嘴角上揚露出微妙的笑容，表情讓人感到不舒服。我沒有說話。接著他又把手機貼到我眼前，螢幕中有我入睡的臉。照片縮小，周圍出現了空瓶子。天啊，我沒有和那個女人喝酒啊。

「徐作家，這樣也無話可說嗎？」

她一定趁我睡著的時候，刻意擺了空瓶拍照的，她計畫好的，為了讓我被當成犯人。我激動地越講越快，但刑警只是看著別處掏掏耳朵，然後不情不願地說：

「徐作家，你是不是有酒精性失智症啊？喝醉了就不記得發過酒瘋。」

「不……沒有……」

我張口結舌，刑警壓低聲音說：

「你喝酒的習慣我全知道。你和李知英一起去酒吧，喝了雞尾酒後，打碎酒杯飆髒話，對吧？把你拖出來的年輕老闆全都記得，聽說你還是頭撞到地面才清醒過來，還東張西望地問發生了什麼事。監視器已經確認過了……像你這種人很多，喝了酒就不知道自己變成什麼樣子，典型的酒精性失智患者。喝了酒而興奮地揮拳頭，酒醒後又哭著問為什麼自己會在派出所。就像從凶猛的老虎，變成溫順的羔羊，你們都是這種會突然性情大變的人。」

雖然不想露出驚慌神色，但我能感覺到臉上的僵硬，刑警們喜歡挖苦人的可憎醜話是事實。我的腦海一點也沒儲存喝醉時的記憶，但是喝酒前和酒醒後的情況卻留在記憶的膠捲裡。門與門是確定的，只是門與門之間的空間被燒燬了，所以必須想起和她在喝酒前和酒醒後的事。但我的記憶目錄中沒有那些，只能不斷主張自己沒有與她喝酒。

據說酒精性失智症越嚴重，會連喝酒前後的狀況也很難想起來。

刑警一口否定我的主張，大聲地說：

「我說作家啊，現在案件的大框架就是這個，李知英和你見了兩次面，然後就突然不見了。框架固定了，那中間應該怎麼填滿呢？因為李知英不聽你的話，所以你就折斷李知英的脖子，然後遺棄，不是嗎？或者是你製作的藝術品出了點問題，她要求退費，你很生氣所以把她殺了？就像砸相框那樣，把李知英也給砸了嗎？」

我說不出話來。眼前這個人不是刑警，根本是小說家，我真心想跟他說，他可以認真考慮轉行。刑警癟著嘴笑，彷彿我什麼話都不用說他全知道，接著像搖晃潘多拉的盒子般，拿著粉紅色手機在我眼前晃，低聲說：

「如果有什麼想說的話，隨時都可以來找我，不過，說不定我會先找上你。」

回家後，我再次回顧了我和她之間的時間軸。不過才一個禮拜，一個禮拜而已，以及見了兩次面，然後她失蹤了，我被當成嫌疑人到警察局去說明，這些事接連發生的時間不過才七天而已。

我在未接來電裡的號碼尋找，原本以電話號碼末四碼為四五〇九存在的她，現在被我存下成了「李知英」，同時通訊軟體kakao talk的朋友目錄中，也自動出現她的名字。我進入連結的個人臉書，看到她的照片，嚇了一跳。披著白色夾克的她，肩上披散長直髮，怎麼看都覺得陌生。初次見面的那天，她是一頭齊耳垂的短鬈髮；第二次見面時則將頭髮高高挽起。穿著是什麼，我想不起來了，而除了這些，並沒有留下其他特徵。

但相較於在臉書上的照片，她本人明顯感覺比較放鬆。我所見到的李知英像是拿父母的錢上學、網路不離身的女孩。當然她並未那樣介紹自己，只是給我的印象是如此。然而手機螢幕中的李知英，是一身洗練裝扮、表情泰然自若的年輕上班族，而照片上傳的日期和我們初次見面的日子相同。難道她來見我時戴了假髮嗎？不對，她在臉書上的長直髮也可能是假髮。

「有些人喝著夢幻湧泉噴出的水而活，對那些的人來說，現在猶如漆黑一片。」

彷彿有根細長的竹籤斜斜貫穿我的頭，我想起了李知英的聲音。在某段對話的結尾，她看著密密麻麻、掛滿相框的牆壁這麼說，沒有照片的相框就像沒有瞳孔的眼睛。我腦中浮現只有眼白的人，問她會不會太怪了，她搖搖頭。因為什麼都看不見，所以反而更加自由。瞳孔只會展現外面的東西，是屈從外界暴力的走狗。

那時我不知不覺抓起稜角分明的相框碎片，貼近她的脖子，說著那些話的她，既可愛同時也令人憎惡。她的話準確說出我的心聲，這讓我感到迷惑和怪異。若是她看著我的眼睛，我會道歉並放下框架碎片，但她卻一副服從似的表情閉上了眼。

那一瞬間，她為什麼會那麼美麗？閉上眼的她，那模樣無法從我瞳孔抹去，就只能用眼皮遮住。我把嘴貼到她的脖子上，同時手變得無力，握著的框架掉落在地發出聲響。

我並不覺得可惜，因為只為打破而做的相框還有很多。比起四角方方正正的相框，我更喜歡雕刻品、繪畫和照片都裝不進去的模具。在破裂的瞬間，身體微微顫抖，我經常抓起相框扔出去，只為了感受那種顫抖。我在客廳地板鋪上地墊，遮住被撞擊出的凹洞，然後再鋪一層鬆軟的地毯，以免踩到碎片割傷腳。

我承認，當她對著我的臉發出「啊、啊」的喘息，或是像歌曲導入般的聲音時，我感受到砸碎相框時的顫抖。但是用這些事來把我和她的失蹤牽扯在一起，根本是無稽之談。

翻看她的臉書，照片中的她給我一種莫名的違和感。仔細看照片邊緣，似乎是把相框裡的照片翻拍上傳，視窗裡隱約露出不同顏色和紋理的邊框。我噗哧一笑，邊框裡的邊框、框架裡的框架？

我再度想起跟我談論什麼案件框架和骨架的刑警，那一臉嘲諷的樣子。他分明是個不負責任的小說家，只用粗略的大框架，竟編出那麼荒誕的故事，不，那根本就是揑造出來的故事。因為不想再發揮想像力，所以把故事像麵團般隨便揉成一團就往我身上推。那個麵團已經壞了，害我的身體和生活都沾滿了霉味和惡臭。他把責任推給了我，逼我用壞麵團，做出某種像樣的成品。

當然，我只知道填補李知英失蹤框架的內容，就是我和她的失蹤沒有關係。為了找出證據，我更加速瀏覽李知英的臉書照片，畢竟與她莫名其妙有牽扯還不夠，還要消除因她失蹤而冠上的污名。我瞇起眼睛繼續看下去，她的臉書裡也有純文字的貼文。

我們談論了夢境、圍繞在四周的層與幕，在無數分裂的階層中，我們到底在什麼東西的懷抱裡呢？我問。作家說，我們在某人的相框裡，不管怎麼掙扎也跳不出去。他把照相框亂摔到地上，然後也給了我一個，要我如法炮製。相框撞擊地板破碎時發出的聲音還不錯。他說，在破碎的瞬間會產生快感，就像脫離了某人制定的框架，可以暫時喘一口氣。

我們摔壞了幾十個相框，他要我在碎片上面走。光腳嗎？我問。他點點頭。他抓住我的臂膀扶我起來，我把涼鞋脫在他家玄關，所以真的是光著腳。我說我不要。他拾起一塊碎片說，我啊，不太喜歡人家看到我的作品就說漂亮，那只是無數感嘆詞中的一個。漂亮，說完就忘了不是嗎。他抓住我的肩膀，拿近末端尖銳的相框碎片。如果用這個插在身上留下疤痕的話，會一輩子記住吧，嵌在肉上的模具碎片。碎片的尖端頂著我的脖子，從頸部冒出的雞皮疙瘩一下傳遍全身。我走就是了。我說。

我的額頭皺起來。究竟是有什麼妄想症，才會寫下這種胡說八道的故事？手機裡留下我和我家的照片，在與萬人共享的臉書上，上傳了影射我的奇怪故事，讓我因此受到懷疑。刑警肯定也看過這些文字，才會編出失蹤的李知英像相框一樣粉碎的說法。李知英，毫無疑問一定是為了把我塑造成讓她失蹤的犯人，接近我都是有計畫的，如果不是那樣，就不會出現那麼多不利於我的虛假證據。我緊咬的下巴因憤怒而瑟瑟發抖，我再仔細查看她的臉書。以現實為題材的虛假世界，不，是以假亂真，企圖蠶食現實的卑怯陰謀。

我雙眼睜開，四周又明亮又乾淨。從夢中清醒讓我感到無比高興，在夢中的我身為李知英失蹤一案的嫌疑人，不知有多麼耗費心神，那種煩悶和痛苦仍栩栩如生，也反而讓醒來的我更加安心平靜。雖然夢境如此短暫，但在夢中經歷的痛苦卻非常深刻。當然，在夢中的我並不知道那是夢，以為處在像睜開眼睛後一樣的現實。不，我所處的環境當然是現實的一部分，我甚至感覺不到任何質疑的必要。在夢中，我並不是在做夢，而是生活在現實中。但這一切終究只是一場夢，用清醒來擺脫痛苦，這是值得祝福的事。

我突然靈機一動，在相框的外面再做一個相框。覆蓋內容的邊框，框架外面的框架，為了表現這種感覺，我起身去工作室。手機響了，我把丟在沙發上的手機拿起來一看，是陌生的號碼。雖然不情願，但還是決定接起來。在我「喂」之前，就聽到粗啞刺耳的嗓音。

「疑似李知英的腳踝在望遠洞後山被發現，徐異園，那是你住的地方，現在你還要說什麼都不知道嗎？」

我懷疑自己所聽到的，李知英的……腳踝？我現在還在夢裡嗎？那聲音還說被截斷的腳踝上，掛了刻著李知英名字的腳鏈，腳底盡是嵌滿尖銳碎片的傷口。我的精神越來越恍惚。

迷濛的意識裡憤怒湧上心頭。媽的，這不是夢。在無情的煩悶中，我對神的詛咒也湧上心頭。本以為剛擺脫困境，卻是陷入更深一層。手機裡的聲音說，如果我不去警察局就會被逮捕。但我為什麼要對我沒有做過的事負責？

他已經有了物證，現在只要透過審訊得到我的口供認罪，就可以宣布結案。我真的覺得自己很冤枉，經過鑑定，李知英被截下的腳踝和被棄置在附近的凶器上，都未驗出任何能證明是我的痕跡。因為我根本沒用過什麼凶器，也不曾摸過李知英的腳踝啊！既然如此，那個該死的刑警所謂的「已確認物證」，就無法作為證明我犯罪的證據。

我說我是無辜的，他就用我睡前看過那女孩的臉書文章捅我一下。如臉書上所寫，因為我強迫讓李知英屈服，走在破碎的相框碎片上，導致她的腳布滿亂七八糟的傷口。簡直胡說八道！我沒有叫她那樣做，而且李知英也沒有走在任何碎片上。她在臉書上所寫的東西，完全是毫無可能性的妄想。

李知英之所以在自己臉書留下與事實不符的文字，是想讓我成為犯人。刑警不相信我是被害人，我被李知英偽造的文字和照片包圍，被她寫的劇本困住了。

刑警發火說我的說詞又回到了起點，雖然我也不想一直重複這種輪唱曲般的陳述，但事實就是如此，能怎麼辦？我累得什麼話都不想說，刑警也閉嘴盯著我。

「竟然把失蹤事件的結局變成了殺人分屍。徐異園，你果然是藝術家啊，殺人也想來點特別的是吧？」

刑警的嘴角抽搐得很難看，又開始誘導審問。我反駁說自己是無辜的，但他卻說一些認定我就是殺人犯的話。真的好委屈，無視我的記憶、意志，照著李知英的計畫打造的我，被誤認為是真正的我。李知英在失蹤前，留下很多與我有關的線索和伏筆，她要找一個人與她自己的失蹤牽連，而我運氣不好中選了。如果不是那樣，誰會對一個在二手拍賣社團裡，因交易只見過兩次面的男人，留下那麼多文字和照片。但對於我的聲明，刑警還是以「放棄吧，快自首」的態度說：

「這起案件的關鍵點和證據非常確實吻合，別想會有翻盤的機會。」

就是那一點，那像齒輪般異常吻合的情況，就是我被誣告的理由。一切都是按照李知英事先準備好的劇本走，但她為什麼要寫下這個劇本？好奇她動機的人反而是我。到底為什麼要選擇我？我想得快發瘋了。

刑警繼續逼供，我想閉上眼睛，想像醒來後就能從所有的痛苦中解脫。我面對的這個痛苦毫無疑問就是現實，如果是夢，那醒來只是一瞬間的事。為了醒來，必須先入睡，讓意識淡化，使眼前的東西模糊。

「看吧，徐異園，你有嗜睡症吧？遇到想逃避的事就睡著的病，這裡有你精神科的就醫紀錄。」

像煤氣般散布的睏意中，我半睜著眼睛，刑警用文件敲敲桌子想叫醒我，恍恍惚惚的眼皮張開，睡意消失的世界不是我生存的地方，在如同醉酒般的朦朧感完全消失之前，我有意識地讓自己發睏。我現在正處在睡與意識的十字路口。

「除了有嗜睡症，你還有夢遊症，我們全都知道，這裡都寫得清清楚楚。」

刑警將複印的病歷表交給我看。

「主要症狀是睡著時會砸碎相框，判斷是想透過這種行動，來消除意識狀態下的緊張和壓抑。」

刑警大聲唸出病歷表上的一部分，眼睛發亮地看著我。

「但是這次在睡夢中砸的不是相框，是人啊。」

刑警的話激起了我的憤怒，不管說什麼都不被接受的鬱悶感讓我心煩。如果能在醒來後，甩一甩汗濕的衣服，一邊爽快地說這是一場夢該有多好。為什麼我只想當作夢境的事物偏偏是現實，而希望的現實卻只能停留在理想中？

我被夢境和現實兩方引力拉扯，在光明和黑暗的邊界上被撕裂。撕裂了卻沒有崩毀，眼睛睜開發現我還在，仍要活生生地呼吸。在夢裡迫切地想要呼吸、渴望呼吸，眼皮變得沉重。

「我勸你快自首吧，這裡有你向精神科醫師諮詢的紀錄可以作為參考。你把李知英埋在哪裡？」

刑警的聲音彷彿在我腦海某處響起，聽起來沒有現實感。視野模糊，意識淡去。我現在正處於夢與現實的交叉路口。呼吸變舒暢了，在視線範圍內，長直髮披肩、穿著套裝的李知英走過來。我看到了什麼？現在該不會還在夢裡吧？有意識的狀態下我應該會嚇一跳，但沉醉於睡夢中的我，卻沒有太大的反應。那個女人越走越近，高跟鞋敲擊地板的聲音越來越大，**叩叩**、**叩叩**，斷斷續續就像相框掉在地上的碎裂聲，但是我也分不清楚這聲音是從我體內響起，還是從外在傳來。

「她來了，徐異園。如果由你的諮詢師來證明精神病史，你可能會受到相關處置，所以不要浪費時間，趕快坦白吧。」

刑警的嘴不停地動，但我聽不清楚，就像正在緩衝的影像，畫面與聲音不協調，最後中斷了。雖然畫面中斷，但高跟鞋跟的聲音仍持續著，那聲音和相框撞擊地面的聲音很像。這熟悉的聲音讓我感到衝動，想把自己扔出去摔碎。把所有一切、連同完好的我都打碎，就像原本什麼都沒有一樣。四周開始扭曲裂開。

——媽媽總是掐著我的脖子說話。不聽話的人偶脖子是會被折斷的，就像木塊一樣，很容易弄斷。媽媽對我說得很仔細。我懷了妳的時候，妳爸爸對我說過這樣的話。要用尖尖的木片劃過我的臉。有一天，我說想吃水蜜桃，他把正在作業的木椅砸碎，並說只要能在上面走，我就買給妳。

「是神經精神科睡眠專家，李知熙對吧？」

聽了刑警的問話，我點了點頭。嫌疑人徐異園在看到我的瞬間就睡著了，刑警試圖喚醒他，但他那不是單純的睡眠，而是病症，所以一般來說他不會醒來。每當遇到壓力或想逃避什麼時，他就會入睡。五年前，我還是個實習醫師，他是我的督導教授的患者，那是我第一次見到徐異園。後來督導教授退休我升職，他成為我的諮詢患者。

「在電話裡可能已經說過了，我們發現了失蹤令妹的腳踝。妳想看一下嗎？」

刑警問，我搖了搖頭。

「沒有必要看，請告訴我是否有證據證明是她？腳踝上有掛著刻了名字的銀製腳鏈嗎？」

刑警回說沒有錯。我把我的腳伸出來，在腳踝上掛了一條細細的腳鏈，垂在腳踝關節上的吊墜上刻著「李」、「知」、「熙」。

「因為是雙胞胎姊妹，所以腳鏈是配一套的啊。」

刑警看著我鑰匙模樣的銀墜說。

「對，知英腳踝上的吊墜是鎖頭模樣的，沒錯嗎？」

刑警點點頭。他一直想叫醒睡著的嫌疑人，但這是白費工夫。他是我的患者。我凝視著徐異園，刑警講述調查狀況。在知英的手機和臉書上，有失蹤相關的充分證據，現在只剩嫌疑人自白了，所以他們才找來徐異園的諮詢師——我，想要取得心證。

電話中，我並未透露他的病歷和諮詢經過，因為踏入醫界時曾宣誓希波克拉底誓詞，要守護患者的祕密。刑警表示會申請扣押令，他拿來搜索票，扣押了徐異園的病歷資料，知道了諮詢患者的病名，於是我決定直接進入了正題。

「徐異園會在壓力下入眠，在睡眠中，無論做什麼選擇，都沒有責任義務。人們在睡覺的時候不知道自己處於睡眠中，直到醒來才會發現，所以睡眠的體感時間非常短，心因性嗜睡症患者的則更短，就像只有一瞬間那樣。越是如此，夢境就會越理想化，最後以夢來滿足現實，或者應該說是選擇睡眠來代替生活。」

刑警脾氣暴躁地追問徐異園的罪行是否為偶發性，因為徐異園有精神方面的病史。我冷靜地再進一步說明他的狀態。

「怎麼睡也睡不夠的患者會有意識地睡覺，並非感到疲累才睡，所以只能停留在淺眠的快速動眼期做很多夢。因為還有體感，所以通常會伴隨夢遊症。原本以為是在夢裡的事，卻實際發生；而分明是現實，卻像是在夢裡。徐異園還有酒精性失智症，因此對他來說，睡覺和喝酒的作用都是一樣的。」

刑警問，夢遊症患者真的不記得睡眠期間的事嗎？他想追究到底是不是偶發性犯罪。

「雖然大部分不記得，但偶爾會想起來。也有相反的情況，就像記憶猶新卻仍想不起來。」

刑警皺了皺眉，反問那是什麼意思。

「嗜睡症患者無法忍受緊張的意識狀態，所以以無意識的方式逃走，不想記住的事物就會被驅逐到意識的另一端，只記得自我檢查後的自我模樣；把自己展示在思想的櫥窗裡，相信展示出來的樣子才是真的。換句話說，就是相信自己的幻想生活。因為這些患者相信他所認為的才是現實，所以無論拿出什麼客觀的證據都沒用。就算徐異園真是犯人，自白的可能性也不高，因為他不認為自己犯下罪行。」

刑警皺著臉架起胳膊，我彷彿聽到他大腦轉動的聲音，想著要如何取得自白。我提到自己還有其他諮詢行程，便站起身來離去，身後響起其他刑警的竊竊私語。

「那個女的也太冷酷了吧，自己妹妹的腳踝都出現了。不是那女人報失蹤的嗎？通常案件的報案人就是最大關係人……」

我用鑰匙打開鐵門，走進位在望遠洞的雅緻兩層樓住宅，熟練地脫掉皮鞋進入客廳。牆壁上掛滿沒有照片的相框。我說有諮詢行程並非騙人，只是沒有被諮詢者而已。我直直走到最大的房間。在藝術大學前，他戴著學士帽稚氣未脫的臉；在舉行攝影展的藝廊裡，他的表情面露緊張；還有在我的診間裡，正在諮詢的他一貫地微笑。我一邊看著相框內的徐異園，一邊坐下來。

這是我的督導教授告訴他的方法。他第一次來諮詢時，因受突然產生的嗜睡症影響而逐漸失去自信，隨著夢想和現實交織在一起，自己到底是誰已經模糊不清。

「在睡眠中，有很多沒有邊際的場面，就像應該圍繞著風景的固定方框融化，在熟悉和不熟悉的場景中任意遊走。一個場景裡有上千個記憶層層疊起，長時間覆蓋在虛空中……是誰掌握了我夢境的方向盤呢……」

諮詢時，他滔滔不絕地說，從事攝影工作的自己，為了把每個瞬間都拍進膠捲裡，因而極度限制自己的睡眠。直到某天，他不知不覺地睡著，做了雜亂無章的夢。問題是他開始產生混淆，搞不清楚夢中和夢境外哪個自己才是真的。對於完全忘卻自己的他，我的督導教授提出一個簡單的減法。

「從整體中剔除『過去』，應該就會剩下『現在』吧？對自我也一樣，把已經存在過的『我的歷史』放進相框裡，試著反覆回想。至少在回憶的過程中，你是停留在當下的，透過這種方式，可以幫助你提煉出現在的自我。」

他是個非常誠實的患者，而像是為了證明，他在房間裡放滿了過去的照片。

諮詢結束後，督導教授走出諮詢室，徐異園反問我，要如何將現在的自己融入相框裡？我叫他把空相框掛起來。因為現在的我是流動的，無法被框架所束縛，看著空的框架，反覆思索現在的生活。

他那原本羅列亂置的記憶片段彙集、呈放在病歷上後，督導教授發出驚嘆。

「這個諮詢者的案例值得發表，看起來像典型病態的夢境，不是嗎？就像頭是人，上半身是鱗片，下半身是鹿的腿，糾纏在一起的混亂狀態。一般人就算是做夢，又如何能做這種雜亂無章的夢呢？」

雖然她似乎在嘲笑徐異園的夢，但我在心裡默默回答，病態的夢，是美麗的，而我被那美麗吸引。他的睡眠和夢境之所以如此耀眼，是因為我在人生中一次也未曾好好享受過。狠毒可怕的東西，別人都睡得著就妳這丫頭不睡。母親受不了我無法入眠的習性。雙胞胎妹妹知英和我，除了外表，其他一切完全不同，母親將我們準確地分成兩半，徹底地愛與恨。得到愛的是會撒嬌又輕佻的知英，而像父親的我，性格木訥又無法入睡、食量小，母親時時刻刻都在數落我。

知英只要頭一碰到枕頭就能睡著，雖然常常會說希望自己也能失眠、徹夜不睡來唸書，但那都是無知的話。睡不著就只會覺得疲累，一整天都懶洋洋的，一到晚上卻精神奕奕，而熬夜後迎接的早晨總是讓我感到自責。我會選擇唸精神醫學，也是為了治療自己的失眠。

本以為上大學住宿舍獨自生活，就不會再受到無法入眠的罪惡感折磨，以為離開母親和知英就可以解決這問題，但在宿舍裡同樣無眠的第二天，我腦海裡依然迴盪著母親的聲音：「看妳眼睛充血的樣子，昨晚又沒睡吧？像吸血鬼一樣噁心。」

母親的話及知英的笑聲，像沒有停止鍵般不斷重播，衝撞著我的耳膜。我必須靠安眠藥才能入睡，但吃到後來出現抗藥性，最後連藥都不管用了。

「在夢裡出現了庭園，我在那裡會成為鯉魚，會成為鹿，有時會成為另一個人。」

「例如說誰？」

「例如會變成女人，在庭園裡徘徊……」

「在古代，庭園是在描寫世外桃源時經常出現的場景。好比西洋的伊甸園和東方的桃花源，都是有流水、花草和茂盛樹林的樣貌。會成為女人，代表你內在女性的一面，也就是母親的形象。理想國裡的庭園，是你的意識和無意識完全合而為一、呈現出來的空間象徵。」

「不，醫師，不是合而為一。我正在逃，有什麼東西追著我，在我身後抓住我的脖子要把我拉走。我想逃，但是……嗯……就那樣跑一跑醒了過來，全身都覺得好累。甩開了又追上來，追上來抓住我的脖子，把我拉走。入睡後，我就在那個溪谷裡，母親把不會游泳的我拚命往水裡壓，我不能呼吸，呃、呃啊……我的腳觸不到地，在水裡頭掙扎……我不知道要怎麼逃出來。我跑了又跑，跑到水以外的樹林裡。踩過青草地又繼續跑，我不知道路但就是一直跑，因為我的腳踩得到地，我可以呼吸，就那樣跑著跑著，庭園就出現了。」

在實習期間，我總是期待著每兩週一次他來諮詢的時間。聽他訴說夢境，彷彿我也做了那個夢，加上每次跟著督導教授一起會診，就像遊走在各種幻想試劑之間。正如榮格說的，躺在精神病床上的患者，是未能將自己的幻想與世界共享之人。現實中未得到認可的幻想，被烙上病症的鋼印，幻想的所有者被安置在醫院裡，不再與外界交流。

但是，再奇怪的門，只要取得合適的鑰匙就可以打開。只是包括我在內的凡人，不知道特別鑰匙的運作方法，因此無法被邀請進入病人的世界。不管再怎麼健康的人，不，越是健康的人越會做奇怪的夢，很多做夢者自己都無法解讀夢境的內容。但就算不能用邏輯解釋，也沒有證據顯示那是毫無意義的。夢對我來說是未曾應允的未知，也許我對夢賦予更大的意義也說不定。總之，因無法入睡而沒有餘力做夢的我，成為徐異園夢境的祕密愛好者，想在「他」的世界裡呼吸。

身為實習醫師，我能掌握他前來諮詢的時間，並在過程中全程參與，因此與他建立了穩固的信賴關係，了解他的日常生活。於是，在他出差不在家那幾天，我偷偷潛入他家仔細察看每一個地方。我想從留有他未竟夢境痕跡的家中，找尋那些被浪費的片段，並據為己有。

他家客廳牆上掛著空的相框，房間裡的牆上則掛了有照片的相框。他想回憶過去的自己，就進入房間；若想確認現在自己的存在，就到客廳裡。從他忠實地聽從並實踐教授「賦予自我空間性」的建議來看，他的治療意志非常堅定。

不幸的是，隨著治療進行，留在家中的夢境片段，例如破碎的陶瓷碎片或時間不對的時鐘、凌亂的被褥等等，都越來越整齊了。他不再會隨時入睡，在夢境中遊蕩的次數也少了，可見治療效果顯著。雖然他日漸好轉，但我並不好，因為只要他治好病症、適應現實，我祕密享有的微妙世界就會破碎。我的督導教授說，接下來只剩幾次就可以結束療程了。

現在回想起來還是覺得很遺憾。我的督導教授是個溫暖而寬大的人，從訪談者那裡得到的壓力，只要與他人說一說就可以抒解。一般人私底下的性格和職業專業性未必一致，但她是個兩方兼顧的好治療者，所以徐異園的症狀才能那麼快就有好轉。因為乾眼症，督導教授在化妝包裡通常都有放有人工淚液，而趁她不在座位時，將加了藥物的人工淚液瓶調換是很簡單的事。當她再回到診間，點上人工淚液時，眼睛就被灼傷了。

我的督導教授不在後，已是專科醫師的我正式接替成為徐異園的主治醫師。在下一次回診時，我向徐異園提出要他放棄抓住現實的欲望，給他強化嗜睡症的處方。我從何時開始把他的夢與他視為一體並不重要，我希望他和我之間能有一個無法割斷的紐帶。他是個聽話的好患者，所以他的症狀很快又惡化了。

如此一來他就需要我，諮詢次數也自然而然地增加了。我前所未有地積極進行諮詢，於是開始累積出睡眠專家的名聲。無法入睡時，我就把徐異園的諮詢錄音檔案放來聽，這麼做，就會有好好睡了一覺並做夢的感覺，讓我精力充沛，不會因睡不飽而疲倦，也不會聽到母親無止境的數落。但是知英，我的雙胞胎妹妹，在我擺脫失眠和母親、獲得自由而滿足的瞬間，來到我的諮詢室坐了下來。

知英坐的椅子是治療者的椅子，空下的是患者坐的椅子。我感到羞愧，我從失眠和母親那裡脫離的感覺就只是個假想，只是暫時逃離而已。知英的到來讓我知道這個無謂的事實，我很討厭她。只要有她在總是會這樣，如果像母親那般明朗的孩子是光，那麼像父親一樣陰沉的我就是影子。我們雖然在沒有父親的環境下長大，但透過母親對我的態度，我十分明白父親是什麼樣的人。聽說父親在廢棄的學校生活，以木工維生。我多麼憎恨把自己基因遺傳給我後消失的父親，但所幸在沒有母親和知英的地方，我不會想起根本不知長相的父親，也就沒必要討厭他。

但自從知英再度出現在我面前，我就不得不恨她。徐異園比預約時間提早來到諮詢室，眼裡看的不是我而是知英，之後他就經常延後約診時間或乾脆取消。他的病症正在好轉，他試圖用四散的碎片，順著紋理完整拼湊出來。我更著急了，表示要增加諮詢的次數，他聽了輕輕笑著說：

「有知英在，我不再來諮詢也沒有關係。謝謝您，醫師。」

他不再需要我了，他想依靠我的雙胞胎妹妹來拼湊自己混亂的拼圖。知英的笑聲在耳邊迴盪，他已經準備好要離開我了。不行這樣，他不該把倒塌散落的碎片拼起來，他只能以破碎的原貌靜靜待在我身邊。

在他表白愛知英的那一刻，我計畫完成一個世界。為了讓身為主角的他，關閉所有連結，只能有一面敞開、以單獨的本體生活。我要給他一個魔術方塊。拼對了一塊就更想再繼續，一個內裝迷宮、能自行變換密碼、改變形狀、獨一無二的魔術方塊，也就是名為「自我」的魔術方塊。

我決定使用催眠療法，在他最後一次諮詢時進行特別的治療。我讓他坐在舒服的椅子上，放鬆肌肉，接著進入他的無意識中，令他忘掉我的臉與相關的一切。由於我們相處很長一段時間，所以他的無意識很聽我的話。

我告訴他三個小時後再醒來離開，接著我就去找知英。門鎖密碼沒變，我很輕易就打開大門。母親不在，知英躺在母親臥室的床上，拿著手機在滑臉書。

「為了讓姊姊回到我身邊，我也是無可奈何，因為唯有失去珍貴的東西，姊姊才會回到我身邊。」

知英看著我，露出勝利的微笑，我面無表情地用力向她打過去。她的手機殼濺上了血，於是我換成新買的粉紅色手機殼，並抓起知英的手指按下徐異園的號碼，說要購買上傳到網路上的相框。

我把剛從諮詢室下班的自拍照上傳到臉書，製造時間差，也把知英手機裡的最新照片上傳。在「現在」這個框架裡，我決定放入徐異園的本體，這時我才露出笑容。有些人喝著夢幻湧泉噴出的水而活，對那些的人來說，現在猶如漆黑一片。等他康復後，應該會在複雜的世界中尋找名為「自己」的拼圖，但那樣做不可能幸福。他想活得像個藝術家，我只是幫他實現而已，讓他仍然能在夢裡活下去。但是他為什麼不要呢？為什麼那麼委屈，不能接受我打造的立體的自己呢？不聽話的娃娃只好折斷脖子。

我走進租賃的小套房，打開冰桶。我妹妹的手掌和手臂在裡頭，原本還有腳的，但之前思考了下該把哪一部分丟在徐異園家的後山，最後是選擇腳。像鹿一樣細長而有彈性的雙腿被截得凹凸不平，看起來並不漂亮。我戴上塑膠手套，用鋸子在腳踝的正上方鋸下，掛上腳鏈。接著，拿起在冰桶裡滾動的知英的手，使勁壓在腿上，將指紋印上去。都是因為知英太不懂事了，她想從我這裡拿走一切也可以，但只有徐異園，只有他的夢必須是歸我獨有。我帶著妹妹唯一的腳踝，一邊哼著搖籃曲上山，把從徐異園家拿出來的磨刀扔在附近。

現在徐異園被判精神異常和無期徒刑，並將定期接受我的治療。我可以把他隔離在安全的地方，一輩子接收他的夢。我來幫你完成，把你夢中像碎片般滾動的你的眼睛、胳膊、手掌、性器官等全部聚集在一起，幫你塑造出一個形象。我哼著歌、腳步輕快，兩腿感覺輕飄飄的，像是在空中翱翔。啦啦啦，往西走就會出現一個奇異的庭園。我哼著歌，有東西碰到我的肩膀，是樹枝。肩膀很痛但無所謂，我繼續前進，但有人緊緊抓著我的肩膀搖晃著。

「李知熙，醒來。邊睡邊走，警察局太窄了。快醒過來！」

睜開眼，眼前還一陣模糊。中間有張桌子，對面好像坐了什麼人。

「做完陳述再睡，快點繼續。」

那人在黑色筆記型電腦前坐著，手指答答答地敲打著鍵盤。他的頭縮在螢幕後方看不見臉。我再用力睜大雙眼，眼前稍微明亮了些，房裡的輪廓變得清晰。密閉小房間裡的灰色牆壁上沒有窗戶，中間放了一張桌子，男子和我相對而坐。是警察局？陳述？打起精神才發覺這裡不該是我待的地方，我站起身將手伸向門把，從門縫裡透著光，視野一片混亂。

「快點坐下，不聽話的娃娃只好折斷脖子。」

什麼？我剛才聽到什麼？我試圖聚焦在那男人臉上，但是太刺眼了，看到的只有笑著的暗紅色嘴唇和中間的白牙。

「這可以成為很好的案例，病態的夢。好，坐下吧，繼續來編小說。」

呼吸變得困難。心臟有種緊繃感。聲音好熟悉，那聲音的主人是誰？是被我弄失明的督導教授的聲音。腳往門外踩，必須離開這裡才行，往西邊，往西邊去的話，會出現理想國的庭園，去到那個庭園就可以安心了，所有一切都會解決。但我的身體卻不聽使喚，雖然想移動腳步，但腳卻僵硬無比。手扶桌子，身體想移動，卻連一根手指也動不了。必須要逃，躲到庭園裡去，躲到只屬於我的小花園。睜開眼睛，我正在行走，要走快點才行。兩腿敏捷，踩著褐色鞋跟的腳步更快了，往西邊跑去，**叩叩**，**叩叩**，雙腿快速踩踏著。如果繼續跑下去，就會到達截然不同的地方，可以停止奔跑、喘口氣的地方。向西延伸的奇異庭園，往徐異園（注）而去。

「不行，李知熙，妳要從那裡出來，現在好不容易要跟徐異園分離了，妳不能再陷進去了。徐異園不存在，那是妳無意識將避難處擬人化的假想人物。」

看到庭園的盡頭，不知從哪傳來一聲悶響，但無所謂。一腳踏進長滿青草的庭園，身體在晃動。以為地震會讓地面裂開，鼻尖卻開始變辣，並散發出刺鼻的氣味。說話聲傳來，彷彿近在眼前。

「張開眼睛，李知熙。妳將腦海中身為治療師的我、妳母親，以及刑警混淆在

注 韓文的「徐」與「西」字音相同。

一起，那是在妳心中以否定形象內化的存在。妳看清楚，我是妳的治療師啊。」

我聽到那個人說的話。那是不可能的，我才是治療師啊，現在是誰在治療我？

「我們一起檢視妳的內心，為了要區別妳以及不是妳的部分。在過程中，將妳所愛的假想人物徐異園分離到意識之外，但卻產生抵抗作用；為了守護徐異園，妳，李知熙，寫了一個消除自己另一面『李知英』的劇本。」

我的患者徐異園實際上不存在？這根本就是胡說八道，眼前這個出現嚴重妄想症的人才急須治療。李知英不是我的另一面，是我的雙胞胎妹妹。真想叫這個胡說八道的人去住院治療。

「妳從擔任實習醫師時開始，已經接受了五年的諮詢。雖然妳具有治療意志，但內心有一部分，仍討厭想要分離出徐異園的『自我』。在妳的想像和夢境中，我已經死了很多次。雖然這聽起來像胡言亂語，但李知熙妳所相信的現實，其實只是夢而已。」

我不想再聽下去了，想快點入睡，與眼前這個人完全隔絕。才剛想完，就感到一陣睏意。我感到放鬆，想閉上眼睛，但坐在對面的那個人拿起桌上的噴霧器噴射。嗞，刺鼻的薄荷香散發出來。這是剛才妨礙我進入徐異園的味道。昏昏欲睡的睏意消失了。

「妳到現在還是不相信，那來聽聽妳來找我諮詢時的錄音吧。」

播放鍵被按下，聲音傳了出來。

叩叩

——夢裡有沒有重複出現的東西？

——庭園。這個庭園還有個名字，叫「西異園」。

——庭院自古以來就是描寫理想國的象徵。那個名字的意思是什麼？

——往西走就會出現的奇異庭園。這應該是簡稱。

——原來如此，在那裡發生了什麼事？

——沒什麼，就是覺得很自由。我在那裡可以變成鯉魚，可以變成鹿，有時候還會變成其他人。

——變成其他人，例如說？

——例如男人，或是跟我長得一樣的另一個人。

——跟妳長得一樣的另一個人，是指雙胞胎嗎？

——對，那個雙胞胎的名字叫李知英。

——原來如此，那麼妳變成男人時叫什麼名字？

——和庭園的名字一樣。

——徐異園嗎？

——對。

錄音機中流洩出來的真是我的聲音嗎？無法判斷，但是機器裡的聲音準確說出我所知的徐異園的意思。

「李知熙，妳父親名字叫徐異園。想想徐異園和父親的共同點。父親是木匠，而徐異園是做相框的人。在夢中出現的西異園是妳的理想國，也是妳的避難處。妳並不滿足於父親既有的形象，所以塑造了代替父親的人物。」

我眼前這個騙子否定徐異園的存在，說徐異園只存在於我的腦海中，太可笑了。我不禁嗤之以鼻。徐異園是真實存在的人，我不需要做作任何解釋，我只想立刻離開這個地方。但不知是不安還是焦慮，某種情緒似乎纏繞並輕輕勒住我的脖子。與想離開的心情相同，透明的線纏繞在我脖子上，讓我留在這裡。這種不可思議的感覺讓人摸不著頭緒，我頭暈目眩，直冒冷汗。

「妳所謂的雙胞胎妹妹也不存在。」

我可以肯定，這種不爽快的感覺是來自於眼前的治療師。說徐異園是虛構已經很不像話，現在連李知英都說是假的。我不知道是基於什麼理由，但我確定她是個有計畫性地折磨我的無恥之徒。我要反駁，讓這個騙子自己感到羞愧，並終結這股捉摸不透的煩躁感，告訴這個治療師妳才是個精神病患。

一旦下定決心，焦慮感就消失了，喝了一口咖啡之後變得從容。我把手放進包包裡，摸到了錢包，並從錢包裡拿出知英與我的合照，就像把小丑牌藏在手中一樣，讓雙胞胎的面孔朝向我。

「妳說李知英的存在也是虛構的，我要打破妳的妄想，不好意思，她是和我一起出生的姊妹，我手裡拿的這個就是……」

「小時候跟李知英一起拍的照片是嗎？七歲時，在溪谷玩的時候拍的。雙胞胎姊妹站在溪谷旁一個青鬱的庭園裡，還比著『V』的手勢。」

我想隱藏驚愕的表情卻藏不住，急忙想拆穿騙子的真面目，卻發現她毫不動搖，反而用平靜的語調慢慢地說：

「雖然妳沒有意識到，但這段對話已經重覆過好幾遍了。那張照片是妳，李知熙，將自己的臉合成上去做出來的。七歲時的溪谷旅行中，妳心裡的李知英與李知熙正式分裂，這就是照片的由來。」

我的眉頭皺了起來，這個人描述的跟我手中握著的照片一模一樣，毫無疑問一定是趁我睡著時偷偷把錢包拿出來看，為了讓她的胡說八道像真的一樣，好利用我。我感到很危險，這個人不是單純的精神病，根本就是詐欺犯。

「妳的母親用錯誤的方式教育妳，她沒有給妳遵循的原則，而是要妳順她的心意，如果不順從她就會暴怒。七歲去溪谷旅行時，妳母親控制不了自己的怒氣，把妳推入水中，妳無法接受她態度的差異和悖離，所以年紀還小的妳，本能地將想像中隨時都被愛著的李知英，和總是被討厭的李知熙這兩個『自我』分離，以減少對自己的衝擊。」

臉頰濕濕的，我伸手一摸，是眼淚。向來對我冷淡的母親，她那充滿愛意的目光總是看向知英。我重新燃起對知英的憤怒，搶走母親還不夠，現在連徐異園也要搶走；為了遠離她，我離家去住醫學院宿舍，然後開業，但她總是隨時都能找到我。

「李知熙，快醒來吧。即使逃離李知英的身邊，她也總是能找到妳，因為李知英是妳的一部分。妳說妳睡不著也不會做夢，但那都不是事實，是妳把痛苦和傷口關在睡眠裡，想從意識中挖掉那部分。但是，由於潛藏於無意識中的心理陰影力量太強大，妳反而被夢束縛。妳在睡夢中度過了太多時間，甚至對自己塑造的李知英心生嫉妒，於是制定了殺死她的計畫，並付諸行動。」

叩叩，叩叩，錄音機沒有打開，但我一直聽到同樣的聲音。環顧四周，我正把相框扔在地上，地上滿是木頭碎片。我並沒有那樣做，雖然這麼想，但我手裡拿著一個相框。這是怎麼回事？整理一下思緒，徐異園和李知英認識了一個禮拜……現在已經第八天了，但要我接受這麼多事？這人該不會在說謊？現在已經過了八天，八天了啊。

「那些全都是在妳腦海中發生的事，我們一起進入妳內心審視，不過才一個小時而已。」

「不可能。」

「妳在沒有安全感的母親底下長大，成為追求完美的人。在妳的夢裡有個日曆，妳會跟隨日曆回顧。妳的想像也是按照時間、因果關係進行。因為從中得到安慰，所以更有系統地劃分出安全區域，並停留在那裡，最後將真實生活移到那裡。我們在這裡，是為了讓妳清醒地審視自己的內在，哪些是知熙的、哪些不是。」

我搖搖頭。從眼睛和鼻子流下來的液體交織在一起，額頭發燙。我……我是誰？我無法區分我是李知熙還是李知英。真正的我也有可能是李知英。暈眩又紛亂，眼前恍恍惚惚，像夢一樣晃悠悠，一片模糊，在我面前的那人搖動我的肩膀。

「不要又逃進夢裡，李知熙。有嗜睡症的不是徐異園，是妳。妳創造出徐異園這個假想人物，將妳的傷痛轉移到他身上。徐異園代替妳得了嗜睡症，有酒精性失智，重現妳母親的暴力傾向。但是妳要知道，妳放進意識框架裡的那些生活片段，其實都是妳自己的東西。把自己的內心投射到外面，這樣照片和框架就齊全了。」

父親拋棄母親和我，住在廢棄校舍裡生活，在那裡製作木雕。深陷被害意識中的母親，每次從我身上發現與父親相似之處時，都會折磨我。她叫我在木頭碎片上走路，不聽話的娃娃就要折斷脖子。母親分明是愛我的，但也非常憎惡我。就像母親對待我的方式，父親也成為我愛憎的對象。因為像他，讓我受到厭惡，但從未見過的父親是我本質的來源，所以我無法不愛他。

「妳的失眠轉換成了嗜睡症，嗜睡症越惡化，妳就越會失去自我，其實妳很怕不知道自己是誰。但還是有希望，因為我是妳的督導教授，妳是我手下的住院醫師。如果不相信，妳可以確認一下皮包。」

在皮包裡有住院醫師的結業證，照片上，我臉上洋溢著與李知英一樣明朗的笑容。從我所知的哪個區段才是我呢？李知熙，結業證上的名字很陌生。我手一軟，結業證掉在地上。我是李知英和李知熙的合體嗎？還是李知英、李知熙、徐異園的交集？我該如何設定「我」的範圍？實在太混亂了。

「有辦法知道的，只要審視就可以，正視就可以了。」

「正視……要看什麼？」

「光會反射出來。」

「反射出來又怎麼樣？」

「就能確認哪些是自己的，哪些不是。」

「然後呢？」

「丟掉不是自己的部分，收藏自己的東西。」

「可是，要怎麼區分是不是我的東西？」

「不用擔心，慢慢來，花時間好好看就會知道，因為我們自己會去找到對的部分，就像一個自我的魔術方塊，self cube。我們已經做過三次這樣審視的過程，而且每一次，妳都會想守護徐異園。」

self，cube，熟悉的單字。我試圖賦予徐異園的本質，由六個面組成的立方體，如果由未知的面構成的話，真可怕。

「沒有所謂完美的立方體。形狀絲毫沒有誤差的魔術方塊只會出現在夢中，現實生活中的魔術方塊是有點缺陷的，為了更接近完美而努力。」

那麼，夢想和現實的界限在哪裡？在我生活的瞬間，要怎樣才能知道什麼是現實，什麼是夢？我頓生畏懼。在夢裡沒有醒來的時候，或許會更幸福吧。因為不再有煩惱，大部分的夢都是醒來後才知道是夢。

「人生也是一場漫長的夢。我們的生命也會透過死亡得到一次覺醒的瞬間。為了到時能得到一個好夢，所以現在要盡最大的努力；無論多艱難，當脫離人生後，回顧的不再是悲傷和痛苦。我們都是為了醒來之後能不後悔而努力，因為徒留遺憾的夢再回想起來，只會覺得很悲傷啊。」

很熟悉的話語。只要醒來，就能擺脫所有痛苦，這是徐異園的臺詞。我把看到和接觸過的一切當作材料投入，製作出一個徐異園。現在我知道了，必須把雜亂無章的一切做一番整理。我閉上眼睛，我的夢想、人生、現實，一切在眼皮裡凝結成模糊的樣貌，然後越來越清晰。看向被深色邊框的鏡子圍繞的我，頭是人的頭，但上半身覆蓋著鱗片，下半身……腳……我的腳……一邊的腳不見了。不，看到了，是纖細彎曲的栗色鹿腿。框架裡的鏡子空蕩蕩。

> 我為了藝術而創作藝術，為了相框而製作相框。

我愛過、現在也仍愛著的徐異園的聲音浮現。為了燃燒藝術靈魂，父親拋棄了家人，自己住在廢校裡，為了藝術燃燒自己的生活而早逝。母親痛恨拋棄自己的父親，無法原諒他永遠拋棄自己。看著母親將怨恨傾注在我身上，我也想擺脫毫無意義的生活。就因為我身上流著父親的血嗎？現在決定分手了，不是為了相框而做的相框，為了夢而做的夢。相框中央空蕩蕩的不是為了聚光，而是為了實現風景和框互相協調的……相框。

我睜大雙眼，不再過沉浸於夢裡的生活，而要為了清醒而做夢，為了醒來時不再難過，為了夢到更美麗的夢。

〈自我魔術方塊〉完

自動販賣機倉庫

凌晨三點，靈堂裡非常安靜。季英從機場一下飛機，就直接跳上計程車飛奔而來，在遺照前彷彿終於不支似地，雙膝一軟跪下。黑色相框中，媽媽面露微笑。

季英上過香之後，迫切地想喝啤酒，他想起媽媽每當遇到想哭的事，就會喝一杯有滿滿泡沫的啤酒。媽媽通常都是為了老二仁英和老么載英要錢而煩心，季英經常邊聽她發牢騷，邊倒杯啤酒給媽媽喝。不久前，也是因為在大韓航空工作的載英升等考又沒過，就說應該先用錢疏通一下。向來都是這樣。如果季英手裡有積蓄就會給媽媽，但他為了仁英的嫁妝和移民美國的事，以及載英的學費等等負擔下來的結果是，他帳戶裡幾乎沒有餘額，每個月除了薪水也沒有其他收入。

三年前，載英結婚要買房子時，季英拿出存了三年的積蓄貼補他，那些錢原本是為了與交往很久的女友結婚而存的。得知此事的女友感到不可思議，瞪了季英老半天。

——我們的婚禮已經延後多少次了？結婚要用的錢，為什麼每次都要給你弟弟妹妹他們？

女友用低沉的聲音說著：

——是啊，我就知道又拿你媽當藉口，你到現在還不明白嗎？對你媽來說，她的孩子只有老二和老三，沒有你。算了，我不要再繼續下去了，你就去對你們家負責到底吧。

受到分手打擊的季英，離開與母親一起住的家，搬到首爾市外由製藥公司提供的外地宿舍。他開始瘋狂地埋首於以往因家務事而擱置的研究工作，成果也確實得到認可，因而又被指派負責新藥開發的工作。

為了這件事，他兩週前出差去加拿大，代表簽訂相關技術開發協議。接到母親的訃告時，季英正在溫哥華的飯店裡睡覺，他緊急更改行程自己一人提早返國。在飛機上，他一直因事情來得太突然而無法接受。因為母親除了患有糖尿病、膝蓋不好及行動不便外，他想不到有什麼問題會導致她猝死。

更何況，媽媽不是在首爾的家，而是在濟州島的別墅裡去世的，這點也讓他無法理解。根據老么載英的說法，媽媽說希望在空氣好、看得到海的地方療養，所以租了短期別墅，還找了看護二十四小時貼身照顧。

——看護跟我聯絡時，正送媽媽前往附近醫院的急診室。她說早上準備了胰島素去媽媽的房間，門一開發現時就已經很嚴重了。我也是一接到消息就立刻過來，醫師說，似乎是急性糖尿病引起的休克死亡……

媽媽的葬禮不在濟州島，而是在首爾的天明殯儀館。一般通常都是在過世的醫院裡舉行葬禮，為什麼非要移回首爾？據說全是因為她想安置在已逝父親埋葬的首爾追悼公園。

季英去了位在地下室的太平間，要求職員讓他看看媽媽。從冷凍櫃裡拉出來的媽媽，臉上覆蓋著白布，他將白布掀開，看到媽媽放在腹部交握的雙手，還有彷彿睡著了般的臉龐，好像只要喚一聲就會醒來似的。季英把手放在媽媽的手上，好冷。他緊緊握住媽媽的手，淚在眼眶裡打轉。季英用力咬緊下巴，拚命睜大眼睛，他決定在查出媽媽死亡的疑點前，先把傷心哀慟這件事往後延。

回到靈堂，不知是誰把家屬休息室的門打開，從空氣中縈繞的香奈兒香水味來看，應該是老二仁英來了。

「仁英嗎？」

「啊！」仁英發出驚嚇聲，回頭看了看季英。

「喔，季英哥現在才到啊，我從L.A.搭飛機回來，也是剛剛才到。」

仁英正把愛馬仕的旅行箱搬進家屬休息室內。

「妳老公沒有一起回來嗎？」

面對提問，仁英似乎有些難為情，似笑非笑地皺了皺眉，接著似乎想趕快把話題結束，邊揮手邊說：

「這次是我自己回來。對了，載英說有加入什麼禮儀公司會員，連衣服都有幫忙準備，哥哥和我也要穿喪服吧。我今天要在這裡睡，哥呢？」

「今天是三日葬（注）的最後一天，我也應該在媽媽的靈堂守靈才對。因為公司的事耽擱了，不然我昨天就該到了……反正妳也是現在才到，就一起吃飯吧。」

仁英說她先整理一下行李，於是季英先去找了張桌子坐下，並向在靈堂幫忙招

注 韓國的喪禮多為「三日葬」，也就是在往生後的第三天要出殯。

呼客人的大嬸要了兩人份的餐食。辣牛肉湯、白米飯、幾碟小菜和年糕，分別裝在免洗餐具內。對面坐著的仁英，原本漂亮的臉蛋近看已有些皺紋了，但面容仍有媽媽的影子，大而清澈的眼睛和眼角的痣一如往昔，讓他感覺見到好久不見的妹妹還是很高興。

「哥，你有跟載英聯絡說你到了嗎？」

仁英邊吃飯邊問。

「還沒，我想他自己準備葬禮，事情很多一定很辛苦很累，讓他在家裡多休息一下。不過仁英啊，媽媽實在走得太突然了，妳知道些什麼嗎？她有沒有交代什麼？」

季英的筷子沒挾好，熱辣辣的牛肉湯汁濺到仁英的衣服上。

「啊，好燙！我的手帕到哪去了？」

季英拿了面紙遞過去，但仁英還是繼續在手提包裡翻找。一般用品是用愛馬仕，香水則是用香奈兒，而很有仁英風格的手提包裡一定放著愛馬仕的手帕，這些都是仁英長久以來的習慣。喜歡名牌精品的仁英，雖然開了間二手精品店，但在網購二手精品網站的排擠下店關了，隔年就結婚然後跟著移民。那些都已經是好幾年前的事了。

「我明明有放在裡頭啊，奇怪了。」

仁英接過季英遞來的面紙，一邊擦一邊搖頭。

「媽媽不是喜歡安靜嗎？她的膝蓋又不方便，要去遠一點的地方也覺得麻煩，可是為什麼偏偏說想去濟州島呢？如果有妳或載英陪著的話就另當別論。」

仁英喝了口水，望著桌子說：

「可能一直待在首爾覺得悶吧。我人在美國，要陪媽媽旅行也不容易。載英還要準備座艙長升等考試，應該也很忙沒時間陪她，所以才會租了別墅還找了貼身看護啊。」

季英想起才不過兩天前，凌晨三點在溫哥華飯店房間裡接到的電話。

——您好，這裡是濟州島的慈愛醫院，請問是吳秀玉女士的家屬嗎？因為她是您醫療保險的被扶養人，所以跟您聯絡。今天上午，吳秀玉女士因呼吸困難被送來醫院急診室，經過氣管插管並實施心肺復甦術後，還是很遺憾過世了……或許您已經知道了，不過還是通知您一下。

當時韓國時間是下午四點左右，季英立即打電話給載英，但他沒有接，又打了幾次後才終於聯繫上。載英說事發突然，他也是一時忙亂，現在正好也想跟季英聯絡，但他知道的也只是看護傳達的內容，現在正在首爾準備葬禮。

獨自回國的季英先去了濟州島，來到慈愛醫院。媽媽的主治醫師說，媽媽和看護一起來到醫院，之前也曾有兩次因血糖太高，而送到醫院接受胰島素幫浦治療。

「仁英，關於媽媽的死，妳真的什麼都不知道嗎？」

仁英沒有直視季英，而是看著其他地方。

「我只是覺得媽媽就這樣走了未嘗不是好事。比起得了老年癡呆症在牆上抹糞便，不如在濟州島那樣空氣清新的地方離開比較好。」

「原來妳是這樣想啊。」

季英點點頭，仁英把免洗盤子拉過來拿橘子吃。季英也剝了一個，但是太酸便把剩下的橘子放下。季英見妹妹若無其事地全吃光，想起她是家族裡唯一一個能吃酸的人。

接著，他突然又想起在濟州島別墅看到的醋桶。在慈愛醫院提供的醫院診療紀錄和患者個人資料中，有母親的住址，於是季英想先去媽媽住的地方看看，這樣心裡才比較舒坦。他那時坐上計程車前往那個地方，心想或許能找到關於母親死亡的線索。

到達之後才發現，載英所說的別墅，其實是一棟從沿海公路要開上好一段時間才能抵達的粗糙兩層樓建築，二樓窗戶上有用黑色膠帶貼成「民宿」的字樣。蒼鬱的山前只有幾戶人家和小雜貨店，不管要看海或去市區都要花很久時間。來到這個地方住是否為媽媽自己的意思，他心裡產生了疑問。

門沒鎖，季英很輕易就進去了。看起來媽媽主要的活動區域是在一樓，房間和廚房都有生活用品，她的胰島素藥盒就放在廚房架子上。他進門第一件事就是先到廚房，打開抽屜並未找到媽媽平常服用的藥，只有幾個裝食醋的瓶子。媽媽不喜歡酸澀的味道，所以食物裡都不放食醋或生薑。但令人詫異的是，這裡甚至有幾桶變質的醋，還泛著橘黃色的色澤，散發出難聞的氣味。這些醋究竟是誰帶來的？還是之前住在這裡的人留下的？季英回想著並沉浸自己思緒中時，仁英說她要先起身離開了，但季英要仁英坐下來再多聊幾句。最後，仁英決定睡在家屬休息室，季英則在食堂角落補眠。

季英雖然感覺疲倦而躺下，但腦中思緒萬千，難以入眠。為什麼媽媽偏偏在他出國時過世？還有載英預先加入禮儀公司會員……是否為了消除他殺嫌疑，讓媽媽在醫院接受死亡判定？雖然這一切都可能是偶然，但萬一是刻意安排的呢？接到慈愛醫院打來的電話後，他也是打了好一陣子電話才聯絡上載英。媽媽過世，為什麼弟弟不在第一時間告知？是不是想趁他在國外時，隱瞞母親的死訊？回想載英為達到目的不擇手段的性格，那是不無可能的事。若非醫院方面主動聯絡，他根本不會知道媽媽過世的消息，會按原訂計畫出差一個月，工作都做完後才回國。一想到這裡，他就全身起雞皮疙瘩。

「送她去濟州島療養，就這樣走真是太可憐了。振作一點，科長。有個孝順的兒子，伯母一定會很欣慰。那麼我們先回去上班了。」

季英聽到年輕女子的聲音，睜開眼睛，他躺在矮桌後休息，起身後看到幾個女職員向載英打招呼後離開。

「哥，你睡醒了。」

看到季英，載英嘴角微微地笑著。原本就嘴型上揚的載英，任誰一看都對他有好感，但在媽媽的靈堂裡，他看起來也像心情不錯的樣子，讓季英的心頭湧上憤怒。但如果現在就說出母親死亡的疑點，並不會有什麼幫助，因此他決定還是先壓抑下情緒。

「你的臉色看起來很不好，好像很累啊，要不要到附近汗蒸幕的三溫暖待一下再回來？」

在母親的靈堂裡，載英談論著三溫暖的臉流露出嘲諷，那個表情彷彿在說「去了趟濟州島也沒發現什麼吧？」然後又是聳聳肩膀，看得季英心情很不好。

「載英，為什麼把媽送去濟州島？難道是因為她沒為你的升等考準備錢，讓你好去賄賂上級嗎？」

聽到季英的話，載英瞪大了眼睛，如果是在公司同事面前，他絕對不會露出這種眼神。載英擁有對外用和對內用兩副臉孔。從小就備受媽媽喜愛的載英，就算是一點小事也會神經敏感，只要不順自己的心意，就會把氣出在媽媽身上或是摔東西，甚至對大他兩歲的姊姊仁英也是又打又推的。因為這樣的性格，從一開始在學校被當成透明人之後，他便轉變成在外人面前是無比親切的好好先生，但一回到家裡卻是嚴重的憤怒調節障礙者。

從載英那裡受到的壓力，媽媽就找季英發洩、訓斥或訴苦，以抒發壓力。但在載英面前，媽媽仍小心翼翼地看他的臉色，順著他的心情，還是非常愛他。媽媽當時因為被娘家人排斥，連嫁妝都沒準備就嫁過來，一直艱難地生活著，為了彌補這個遺憾，對於長得跟自己像同個模子印出來的二女兒仁英，以及與自己同樣排行老么的載英非常疼愛。

但是弟弟妹妹們永遠只希望媽媽給得更多。爸爸沒讓媽媽幸福，如果沒人站在媽媽這邊，她就撐不下去。三兄妹當中，只有季英是唯一忠誠地對待媽媽，但每次受到差別待遇時還是會感到失落。如果季英稍微表示辛苦，那媽媽會立刻說她自己更累，堵住季英的嘴和耳朵。身為么女的媽媽在娘家被說是野丫頭，欺負她最多的就是老大，季英覺得媽媽似乎想把她的怨恨付諸在下一代身上。

從上高中開始，載英的要求幾乎是金錢，父親的退休金全花在為考上大學的載英購置套房和汽車。父親早早離世，媽媽就從季英那裡拿錢然後給載英，如果季英不給，她就去做直銷或申請高額利息的貸款，所以季英無可奈何只能繼續供給，根本存不了錢。

但是現在季英已經沒有存款了，不知載英是不是認為媽媽拿不出錢給他去為自己的升等鋪路，所以就把她扔到濟州島？是不是像高麗葬（注）那樣，把沒有用處的老父母扔在坑裡自生自滅，而濟州島別墅是那個坑是嗎？

季英說出心裡話，載英聽了眼睛充血，額頭上的青筋突出。在這種狀態下，如果憤怒指數持續上升，他就會開始大罵，破壞掉任何觸手可及的東西。

「載英啊，你的客人來了。我去一下洗手間，你好好招呼吧。」

就在載英要開口的瞬間，仁英走過來說。載英瞬間變換成對外的臉孔，轉過身往喪主席走去，向前來問喪的客人致意。真是天衣無縫的變臉。季英為了不讓媽媽

注 高麗時期的習俗，當父母逐漸老去、身體健康慢慢變差，子女就會用一種木製背架，將自己的父母揹到偏僻的山上或田間遺棄，讓他們在荒山野嶺中自生自滅。

最後的喪儀太淒涼，也跟著一起過去。幾名大韓航空的職員插上香、行大禮後，載英邊說「謝謝你們前來」邊恭敬地彎下腰，季英也低頭致意。

行禮完後，載英把同事們帶到隔壁的食堂，一起坐下來聊天，從遠處看似乎是個理想男人的典範。和藹可親，在家裡很顧家，在公司很能幹，對朋友很友善。但是結婚後因壓力而對妻子京美動手，好幾次鬧到差點要離婚的事實，只有像季英這樣長期觀察的人才知道。每當京美吵著要離婚時，媽媽就會偷偷塞錢給她。京美婚前在幼稚園當兼職教師，婚後就一直在家閒著，想要離婚又沒有餘力，自嘲是不幸中的大幸。

戴著假面具的載英真的幸福嗎？季英在心裡默默想著。這時又有客人來了，穿著黑色西裝的中年男子，一進來就以銳利的眼光四處掃視，然後站在靈位前向亡者行禮後，轉過身與季英致意。男子遞上名片，是三星保險股份有限公司的現場調查組長。

「我來找吳秀玉女士的壽險受益人權載英先生。不好意思，請問您是受益人嗎？」

季英背對著正在和同事們談話的載英，把調查組長帶到靈堂外。走廊盡頭電梯前擺放著自動販賣機和幾張桌椅，季英從自動販賣機裡投購了兩罐冰咖啡，一罐遞給組長。對方或許把季英當成受益人載英，臉上帶著公事化的微笑說：

「現場調查只是保險理賠支付程序的形式之一，所以不用太擔心。」

「不是的，我是想請教，即使是患有糖尿病的人，如果休克死亡，保險也會支付理賠嗎？」

「是的，被保險人吳秀玉女士在投保時已告知自己患有糖尿病，並繳納了高額保險金。」

「這麼保險理賠金有多少？」

「這部分還須經由管理部門精算調整，現在還不確定。」

「不確定也沒關係，大概是多少？我好有個參考。」

「這份保單是屬於年金壽險，不久前改為一次性付款，所以合約內容也有調整。如果是月領，每個月領取的金額會比一次性給付略少，但總額應該有五億元左右。」

季英皺著眉聽著組長的話，感到頭部一側灼痛起來。他一直以血緣關係為由、努力壓抑的懷疑，成為了明確的事實。組長又再說為了調查前來打擾不好意思後，便站起身來搭電梯離開。

季英獨自坐在桌旁，為了保持頭腦清醒把剩下的咖啡喝完，視線固定在面前的自動販賣機上。季英十四歲時，載英十歲，那年夏天很熱，在放學路上偶然相遇的兄弟倆自然而然地一起走，經過商場前的自動販賣機，載英停下了腳步。

——哥哥現在沒有錢買飲料給你。

季英說完，載英微笑著搖了搖自動販賣機，但沒有任何反應，於是他便用腳猛踹。季英怕有人出來，急著叫載英快點走，但載英卻更用力地踹自動販賣機。接著神奇的事發生，飲料掉了下來。載英拿出飲料自顧自地喝，一副神氣的樣子。

——看吧，哥，沒有錢也可以喝飲料。重點不是投錢進去，而是無論如何都要讓它掉出來。

如果沒有硬幣，即使踹壞機器，載英也要讓東西掉出來。此後，經常有商家來找媽媽，要求賠償被載英弄壞的機器和白喝的飲料，而載英都說是哥哥季英叫他做的，把責任撇得一乾二淨。現在回想起來，載英為了鞏固自己和媽媽的特別關係，於是把過錯都推到季英身上，讓媽媽越來越討厭季英。因為得到家裡主控者媽媽的愛，才能得到更多東西。

長大以後也是，直到媽媽拿出錢為止，載英會絞盡腦汁用各種方式糾纏媽媽。對載英來說，媽媽就像自動販賣機一樣。當什麼都拿不出來時，就被當成故障、準備報廢的機器，送到濟州島的偏鄉僻壤，再企圖獲得保險理賠金。載英的意圖季英越想越可怕，看來他將母親送往濟州島，分明就是為了擺脫時空上的嫌疑。

自己的親弟弟……當心中的疑惑成為事實，季英大受衝擊，一時精神恍惚。他緊握著冰冷的罐子，把剩下的咖啡都倒進嘴裡。正好電梯門打開，又是載英公司的同事們。季英站起身，想著現在是招呼客人的時候，便朝他們走去。

一大早，在上班前順道過來問喪的客人們一一離開，靈堂裡又變得安靜了，三兄妹並排坐在喪主席上，載英「嘿咻」一聲伸直膝蓋站了起來。

「媽媽那邊的親戚第一天就來過了，該來的客人也差不多都來了，下午三點出殯，現在我們也休息一下，再來做最後準備應該就可以了。」

「今天是第三天，等過了午夜再出殯是不是比較好？有些人可能因為時間太趕還沒來得及趕來……」

季英話還沒說完，載英就嗤之以鼻。

「第一天媽媽老家的朋友就都來過了。」

「出殯有必要那麼趕嗎？」

季英反問，而載英的妻子京美不知何時出現，插嘴道：

「大伯，出殯日程是要事先預約的，決定了就不能變更。他一個人準備葬禮很辛苦，你就照他安排就好了。」

京美長痣的顴骨動了動，假裝面帶微笑，眼神卻凶惡得像毒針般。季英突然想起媽媽說過，好幾次被載英毆打而得到錢的京美，不知從何時開始，就算沒捱打也裝作被打地向媽媽要錢。

「是啊，哥。媽生前跟朋友們幾乎都沒有往來，跟會也是標到之後就不再去了，也沒什麼尚未還給人家的，現在應該不會再有人來了，就收拾吧。」

季英看著嘴角上揚的載英，想著他們夫妻倆還真是一體同氣，所謂物以類聚，他們在一起真是登對。

「媽媽把弄得到的錢全都給你，你這樣說對嗎？」

季英低聲斥責，載英也一臉不耐煩地提高了嗓門回話。

「媽自己要那樣，你要我能怎麼辦？剛才你也質問我為什麼要把媽媽送去濟州島，現在是把媽的死都怪到我頭上是吧？我不是說過了，媽是想就當作旅行，到空氣好的地方散散心，所以我才在濟州島租了間別墅讓她靜養，她在那邊過世是有福氣好嗎！比起得了老年癡呆、往牆上抹糞要強上幾百倍，你不覺得嗎？嗯？難道不是嗎！」

載英大聲咆哮，脖子上的青筋都快爆開了。季英從懷裡拿出一張紙遞給載英，原本不以為然的載英瞄了一眼，臉色驟變。

「載英，雖然我跟你說在加拿大多待一天才回來，但其實我接到醫院通知就立刻回國了，而且直接去了趟濟州島。這是醫院的診斷證明，因為媽媽的血糖控制不住，所以把糖尿病處方藥換成了幫浦注射裝置。」

載英像觸電般什麼話都說不出來，站在他旁邊的京美不安地轉動著眼珠，仁英也皺著眉頭探看診斷證明。

「媽媽的糖尿病，只要按時吃藥就能控制得宜，但為什麼去了濟州島後血糖老是往上飆？難道不是因為用維他命取代處方藥給她吃嗎？」

季英繼續說，但載英卻似乎恢復從容，嘴角隱含著微微笑意。

「你在說什麼？在媽媽身邊照顧的人不是我，是看護啊，而且糖尿病本來就會惡化，哥是製藥公司的研究員應該很清楚，不是嗎？」

「是啊，口服藥無法控制的話，改用注射裝置也是一般常見的處理方式。媽媽拿到的處方，是將胰島素幫浦的軟針插在肚子上，用按鈕將胰島素注射進入體內就可以了。但你不是說，看護拿糖尿病藥去的時候，媽媽已經很嚴重了嗎？」

「我不是說過了，我也是因為突然接到媽過世的消息，一時手忙腳亂沒想那麼多，或許看護的話傳達錯誤，但你現在是要找我麻煩嗎？季英哥，你本來不是這麼糊塗的人吧？你這樣誤會，媽媽要是知道能走得安心嗎？」

載英指著遺照中面容微笑的媽媽。載英拿對季英來說愛憎並存的媽媽當自己的盾牌，更刺激了季英。雖然心裡非常氣憤，但季英努力保持冷靜，直視載英的雙眼。載英從小就喜歡在受冷落的季英面前炫耀媽媽對自己的偏愛，享受地看著季英受傷的表情，現在也是一樣。季英嘆了口氣，用更沉穩的語調說：

「媽媽住的別墅，不，應該說是民宿。民宿的主人說，媽媽和看護像母女一樣非常親密。我問他那個看護的長相，他說那人的眼睛旁邊有痣。」

季英的視線固定在仁英身上，左眼眼角有痣的仁英，緊張得全身僵硬起來。

「有個如女兒般、又無微不至的看護協助照料，為什麼媽媽的血糖還是飆高？看到這個了嗎？這是接到胰島素幫浦的處方後，到醫院驗血糖的紀錄。媽媽到慈愛醫院急診室的前幾天，她的血糖指數就已達到上限了。」

仁英低頭盯著季英拿的病歷表，接著看到他掏出來的手帕，瞬間面如死灰。

「這是妳昨天在找的手帕。我從濟州島的民宿拿來的。」

在印有愛馬仕標誌的米色手帕上，散發出濃郁的香奈兒香水味。仁英放聲大哭。

「嗚……不是的，我沒有對媽媽做什麼。就像一般家族旅行那樣，載英說的……要我跟媽媽一起待在濟州島兩個禮拜。我也……我也嚇到了，媽媽突然就走了，那麼悽慘的樣子……嗚……」

仁英哭得連眼淚都沒想到要擦，季英的腦海裡刻劃幾天前母親去世時的情景。仁英拿著胰島素幫浦要替換的輸液套敲了房門，但是沒有人回應。仁英心想媽媽還在睡覺，便自己打開門，便看到媽媽倒在地上，眼睛瞪得老大還翻白眼，張著嘴呼吸急促；奄奄一息中，為了要把氣嚥下，一邊發出帶金屬般的呼吸聲，兩頰也隨之凹陷，胸部劇烈起伏。仁英見母親臉色慘白，用顫抖的手撥了一一九。救護車將人送到最近的慈愛醫院急診室，之後就跟醫師說的一樣，除了死因。

「醫師診斷是因糖尿病而導致的休克死亡，也就是病死的。但媽媽的死，事實上是有人刻意造成的急性糖尿病，是蓄意的他殺。」

仁英嗚咽著搖了搖頭。

「不，我真的沒有。是載英說這次旅行後，媽媽的遺產就會分我……所以我才去的。在醫院和別墅說我是看護也是載英的主意。他說，要我當媽媽的看護才能拿到錢，我好久沒見到媽媽了，那幾天我們過得很愉快。只是血糖沒降下去，看媽媽頭暈，眼睛也花了，我以為只是藥沒效。真的不是我做的，相信我，季英哥，真的不是我……」

仁英顫抖著說出近乎吶喊的辯解，一旁拉長下巴、面無表情的載英再也忍不住，大聲狂笑。

「哈！哈哈！哈哈哈哈！」

載英笑了好一會兒，架起胳膊換了個姿勢。

「仁英姊，事到如今妳也該老實說了吧？妳在美國早就離婚，一無所有地回到韓國都已經一年了。媽媽早就告訴我，只是我一直裝作不知道，還說是為了家族旅行回韓國，說這種毫無意義的謊話是要怎樣。而且我從沒說過要分遺產的事，我當時是說，妳如果好好陪媽媽、讓她開心，說不定她會多給妳一點啊。只是怕季英哥知道了會有意見，所以才讓仁英姊變成看護，沒想到還是被你發現了。」

載英輕快地說，突然搔了搔下巴，一副認真的樣子。

「但我還真以為媽媽是病死的，聽了季英哥的話後，才發現仁英姊很可疑。姊，妳拿媽的胰島素做什麼，在開玩笑嗎？」

載英的眼睛裡充滿不懷好意的惡意，季英一點也不感到陌生。小時候，載英把家裡弄得亂七八糟，卻謊稱是季英弄的，或哭哭啼啼地說是季英打他。載英看著被媽媽訓斥的季英時，他就是那種表情。彷彿捨不得把好吃的糖果一下就吃完，一點一點舔著吃，還一邊東看看西看看，用視線盡情品味，讓人無法理解。

一看到那個表情，季英知道抓到幕後主使了。在濟州島發現仁英的手帕時，他一開始就認為弟弟妹妹都跟這件事有關係；聽到他們都提到「比得了老人癡呆在牆上抹糞好」的話，也覺得兩人是串通好的。只是他不確定仁英是知道了一切仍然參與，還是落入載英設計的陷阱，因為他很清楚，載著假面具的載英非常善於用謊言等各種技倆為自己爭取利益。

「我真的沒有開玩笑。接到胰島素幫浦處方那天，是弟妹她……京美說會拿胰島素幫浦給我，叫我跟媽媽先去吃飯……我只是每天去換那個輸液套，其他什麼都沒做啊！」

仁英因害怕而臉色發青，雙肩不停顫抖。京美瞪了她一眼，但載英仍像忍著笑意，深深地觀察仁英的一舉一動，用視線慢慢咀嚼。

「真可惜啊，仁英姊，我老婆說她從醫院藥局拿了胰島素，並裝在袋子裡交給了妳，不是嗎？」

仁英默默看著載英，似乎等著他解釋話中的意思。

「呵呵，可憐的仁英姊。也就是說，當發生問題時，胰島素幫浦裝置和輸液套上面只會留下姊姊的指紋啊。」

仁英的臉上閃過一絲絕望，載英像品嚐滿滿肉汁的牛排般，用陶醉的表情看著仁英，接著對季英說：

「哥在濟州島那裡也有看到輸液套吧？那麼哥哥的指紋也會一起被檢測出來，不過，我和我老婆可是從來沒有碰那些東西喔。」

眼前的載英得意洋洋地微笑，跟小時候在自動販賣機前拿著免費飲料的神氣臉孔重疊。季英想，對於載英來說，這個世界也許就是自動販賣機的倉庫，自動售販賣機裡有汽車、套房、女人、升等、自尊、社會地位等各種東西，載英按照自己的喜好按下按鈕，從錢包拿出大量的陰謀、欺騙、賄賂、虛假、手段，代替硬幣投進機器裡。

但是，這次太過分了。他在投幣口投入媽媽的生命，操縱按扭想取得名為保險理賠金的商品。季英回憶今天凌晨和仁英一起吃飯時聊的內容。季英問她喜歡醋嗎？仁英說自己雖然愛吃酸的，但不喜歡醋。不久前，京美有給她幾瓶據說有益健康的減肥醋，但她只是放著沒有喝。

這樣看來，載英夫婦很有可能在媽媽的輸液套裡先放入食醋，再連同胰島素一起交給仁英。當然他們一定是戴著手套作業，所以夫妻倆的指紋不會留在上面，但仁英的指紋會被檢測出來。每次注射滲了異物的胰島素，幾次下來母親的狀態就會惡化，最終陷入休克狀態。季英說出他的推測，京美急忙地大聲說：

「大伯，你瘋了嗎？這是什麼不可理喻的推論，而且，你有證據證明那些醋是我拿的嗎？是仁英姊在說謊，全都是她亂編的啊。」

載英用手制止激動的京美，說：

「哥，這其中好像有很嚴重的誤會。我沒想過仁英姊會做那種事，剛才只是想說問問看，為了證明我和妻子的清白才提到指紋。誰會想用媽媽的命來換錢呢？」

載英像變臉般，看起來溫柔善良，又變成對外用的臉孔了，連聲音也從嘲諷的口氣變成沉穩的中低音語調。季英盯著載英，心想他的變臉術真是不著痕跡啊。

「別的不說，我們不該在媽媽的遺像前吵架吧。越是這種時候，我們兄弟姊妹越要團結一致，好好幫媽媽辦完後事才對。」

季英聽完載英的話，說出稍早保險公司現場調查組長來過。載英的眼珠彷彿平靜的湖水中掀起風波般晃動，但表情還是很平靜。

「哥，難道你是因為媽媽的保險理賠金才這樣？如果是為此去濟州島就直說嘛，等理賠金下來我們就三個人平分啊。雖然媽媽把我設為受益人，但我們三個人平分，我想媽媽也會同意的。」

載英用不變的溫柔聲音說話，原本氣呼呼的京美也轉變了態度。

「這想法很好啊，大伯如果有結婚的打算，也會需要錢，這不是很好嗎？就當作是媽媽留給大兒子最後的禮物，收下就好了。」

聽到京美的話，仁英聳起肩膀，吸著鼻涕，但她的眼神變了，側耳傾聽。

「是啊，媽媽也會那樣希望的。我們三個齊心協力，以後也經常去媽墳前看看她，不要辜負媽媽準備的錢，以後更加努力，和睦相處。我領了理賠金之後，會平分成三等分給哥哥和姊姊，季英哥也贊成對吧？」

季英保持沉默，仁英用沙啞的聲音說：

「是啊，季英哥，我們三個人平分，這才是對的。謝謝媽媽，謝謝你，載英。」

從載英夫婦到仁英，三個人都在等著季英的回答。自從來到母親的靈堂後，四人之間第一次出現了和睦的氣氛。但是，季英根本不想加入這種氛圍。

「我希望的不是這種形式上的辯解，而是對於真相的坦白和謝罪。載英，在媽媽面前，哪怕只有一次，我希望你能表現出真心悔悟的樣子。」

「我不是說一切都是誤會嗎，哥，要有該悔改的事才能悔改啊，你不要這樣……」

「受益人為取得保險理賠金而殺害保險人時不予理賠。你也很清楚這個條款，所以才要籠絡我不是嗎？」

靈堂變得安靜了。載英的嘴角像吊在釣魚竿上的浮標般，上下迅速顫動。額頭上的青筋暴出，雙眼急速充血，憤怒似乎一瞬間就要破欄而出；呼吸加快，撕開偽裝溫和的假面具，氣急敗壞的野獸呼之欲出。

「可惡，我要讓步到什麼程度？我從沒做過什麼該悔改的事，你這是什麼哥哥？你算哥哥嗎？臭小子！你算什麼東西來這裡叫我要謝罪？什麼都不知道的神經病，連媽媽也討厭的狗崽子！」

載英要勒住季英的領子似地逼近咆哮，但季英沒有躲開，只靜靜說了句：

「隻手無法遮天，把你的手拿開。」

季英的話讓載英暴跳如雷，在靈堂幫忙的大嬸們議論著是不是該叫葬禮會場的保安人員來，這時兩名男子走進了靈堂，其中一人拿出警察的識別證。

「我是首爾陽川警察局重案組的崔仁秀刑警。」

面對意外的客人，載英停止叫罵看著刑警，雖然兩眼充血，但原本滿臉猙獰的他，不知不覺間又回復溫順的模樣。載英身旁的京美以從未有過的恭敬口吻，詢問刑警前來所為何事。

「昨天下午五點左右，權季英先生提交了告訴，我們開始著手調查。各位也知道，涉及死者的受益人資格暫時被剝奪，若經查與死者的事故有直接相關者，將可能會被拘留。」

刑警輪番看著四個人，仁英嚇了一跳，直搖著頭說絕對沒有，載英則帶著冷然又扭曲的微笑反擊。

「怎麼會呢？你們應該是沒搞清楚就來了吧。我母親在濟州島的別墅療養，不幸因病休克死亡，醫師已經開了死亡證明書，沒有任何可疑之處。刑警該調查的，是查明誣告我的過程。在我的嫌疑被解除後，我可以以誣告罪起訴刑警吧？」

載英接著還想繼續說，但季英先問了驗屍什麼時候進行。

「吳秀玉女士的大體明天將由法醫相驗，現在正在移動中。從濟州島現場採集的指紋等鑑別物件，都原封不動地保存著。我們會綜合評估吳秀玉女士體內的胰島素與異物質濃度、微生物量與注射時間等，來確認是否為蓄意殺人。」

刑警斜睨了下靈堂內懸掛的時鐘，時針指向下午兩點。

「我們特別配合葬禮結束時間過來，詳細的陳述可以請你們到局裡進行嗎？」

京美聽到刑警的話，臉色發白地跺著腳喊道：

「不行，我知道你們是刑警，但首先要為婆婆舉行葬禮啊！等等三點就要出殯，你們把屍體拿走要怎麼辦？就算是調查也要等火葬結束後才對。現在這是什麼狀況？」

「令堂的遺體預計有驗屍的必要，所以還不能出殯，要等所有程序結束後才能進行火葬。我們確認過殯儀館的預約時間是到兩點為止，那麼現在就請各位跟我們走一趟。」

雖然載英和京美極力反抗，但還是抵不過刑警們的壓制；仁英則蜷縮著肩膀像罪犯般走路。季英要求給他一點時間，隨後會馬上跟過去。他站在媽媽的遺像前，看著媽媽的臉，這時淚水才流下臉頰。兩天前接到醫院的聯繫時，季英就下定決心，與其沉浸在傷感中，不如先以清醒的頭腦揭露事情真相。他要如實公開，毫無保留地公開，不留遺憾地送母親走，盡自己最後的孝道。

季英從靈堂內的冰箱裡拿出啤酒，先給媽媽敬上一杯，然後倒一杯給自己，咕咚咕咚地一飲而盡。清涼感浸潤了喉嚨，接著馬上被劇烈的碳酸氣體嗆到，咳嗽不止。從走廊那裡傳來載英被拖走、高喊著要申訴的嘶吼聲。小時候總是對自動販賣機又踹又砸、只為奪得飲料的少年，現在成了意圖投放以家人性命塑成的硬幣，來獲取大筆金錢的怪物。而那個怪物是和自己血脈相連的兄弟，這讓季英感到既驚悚又心痛。人生就是充滿了各種荒唐的事，那些不像樣的事，始作俑者就是人類，最後成為披著人皮的怪物……

舌頭上殘留的酒味太苦，季英一口氣喝光最後剩下的啤酒。行了大禮，一是希望媽媽的腳步變得輕盈，二是希望媽媽這一路走得舒坦。祭拜完後，季英看著媽媽微微笑彎的雙眼，然後穿上鞋子走出靈堂，朝走廊盡頭的電梯前去。等待著季英的刑警按下按鈕，電梯門開啟。

〈自動販賣機倉庫〉完

墨非的詭計

在我對一切懵懂的時期，我覺得「人性化」這個詞非常不中聽。他們只是低頭俯視我，說我不夠人性化，說我野蠻。我當時聽得懂他們的話，但完全不知道是什麼意思。隨著時間流逝，我也成為一個「人」，現在才知道要感謝那些教過我的人們的辛勞。

我不是生而為人，而是被製造出來的。雖然我現在以這麼好的狀態呈現在大家面前，但就像在上臺前有人問我，已經成為人了，我擁有一切，為什麼還要進行這樣的演講？但我可以保證，接下來的演說，對於還沒成為人、過去像我一樣徬徨混亂的動物們，會有一些幫助。

如各位所見，我是鷹鉤鼻，我的鼻梁很長。看到這幾乎長到人中的鼻尖，恐怕有人會覺得若這要說是鼻子，不如說更像吉拿棒。當初像剪臍帶那樣剪斷鼻子時，他們特別貼心地留得長一點，說這樣鼻子才不會捲上去。我到現在還清楚記得他們扔掉剪掉的鼻子，把剩下的鼻子拉到臉上固定，再挖兩個孔的那一瞬間。

當時，我躺在鐵鏈床上，手和腳合在一起，被緊緊地綁住。因為我的鼻子如象鼻那樣長，所以一切外界訊息都從下面打通的鼻孔中吸入。下垂的鼻子能看到地面的東西，也能聽到在桌子底下，人們穿的皮鞋之間互動著；草被壓碎後又反彈的聲音，纏繞在瓷磚上的光影……我看到的東西偶爾會從鼻子裡噴出來。

舉例來說，藏青色襪子和帶荷葉邊拖鞋彼此都很喜歡對方；襪子和拖鞋總是想在一起，它們會在鞋櫃裡或桌子下方竊竊私語、訴說愛意，而從其他鞋子們互相排放出的東西裡，也可以看到那樣的場景。照顧我的中年男女看到我吐出來的影像後，急忙將自己的女兒和家教老師分開。當然，當時的我，因為還未熟悉語言體系，所以沒能準確掌握狀態，也不具備能冷靜認知及整理那些狀況的思維方式。但若先以語言的視角來看我的過去，當時無法理解的一切事物就會變得井井有條，成為記憶、插曲、過程那樣單純的名詞。

如此看來，沒有比語言更優秀的發明了。我已具備能說明自身經歷和感受的語言，不只過去和現在，甚至是未來，我所經歷的一切都能納進語言之中。身為人類，不能不懂語言，使用了語言，就會對它的便利性和無限的可能性感到敬佩。語言將只有我自己感受到的情感，帶到大家面前，讓大家同樣能感受和理解。如果沒有語言，非旦不能成為完全的人類，我現在也就無法在大家面前演講。或許是從非人變成人的緣故，所以我更加深切體會到其珍貴性。

不過話說回來，照顧我的中年男女最頭疼的事情之一，就是我的排泄問題。雖然這是讓人臉紅的自白，但我當時並不知道所謂的羞恥，隨時隨地都能排泄。我身上有長而厚的尾巴，排泄的時候，尾巴上會沾滿糞水，走過的地上到處都沾滿難聞的氣味和噁心的顏色。父母——也就是照顧我的中年男女在語言上的名稱，這是在我成為完全人類之後才知道的——曾威嚇也稱讚過我。有時我偷偷把在客廳中間拉的糞便搬到廁所馬桶裡，他們就會稱讚我做得很好。稱讚之後肯定有零食，所以我有幾次用四隻腳站在廁所馬桶上拉屎。但是肚子不餓的時候，不管別人看不看，我依然到處排泄。

人類在洗手間這個小隔間裡拉屎洗澡，他們可以坐在同一張桌子上吃飯、喝茶，為什麼不能坐在一起拉屎呢？這點讓我很驚訝。我也不懂他們為什麼在那邊打扮自己，再互相展示打扮好的模樣。父母給我穿的衣服太悶了，我在客人面前常常會把衣服撕成一條一條的，而這種時候，父母就會一臉難堪，會打我或罵我，把我的胳膊和腿綁起來關在房間裡。

各位看到了嗎？這是被我撕破的衣服殘骸，看到襯衫領子上小巧的領結吧？我記得穿著這件衣服坐在飯桌上的那天，聽說來了幾位研究人員，父母費心清洗了我的身體，還噴上滿滿的香水。我勉強穿上衣服，他們把帶有銀色光澤的特別繩索繫在我的脖子上，讓我坐上椅子。當然，對於手掌和腳掌都要貼地才能安心的我來說，當時是感到非常不愉快。我的上身和雙手被綁在椅子上，只有雙腿是自由的。

父母坐在我的兩側，我的對面坐了一個皮膚很白皙的女人。那個女人對父母說了些話，母親點了點頭，和女人換了座位。當時我連那個人類是女人還是什麼都還不知道，只覺得她一動就會散發出好聞的氣味，我的下身癢癢的。女人一坐在我旁邊，我就用舌頭舔她的臉。坐在右邊的父親緊緊抓住我的脖子，但是女人看到我的身體被綁在椅子上，向父親搖了搖頭。父親剛鬆開我的脖子，我就舔她的頭髮、肩膀和身體的每一處。接著，在尚未意識到自己正在做什麼，我就已經騎在女人身上，摩蹭我的胯部。女人發出慘叫聲，即使父親勒著我的脖子努力想把我拉走，但騎在她身上的我力氣很大，甚至把椅子弄斷了。

坐在飯桌上的其他男人，幫父親一起把我拉走開，雖然我想擺動尾巴打倒他們，但尾巴早就被捲起來，用絲帶綁著塞在褲子裡。他們分別拉我的腿、身軀、肩膀，我無法抵擋，於是從女人身上掉下來。我使勁揮動雙臂，就像騎上女人膝蓋時一樣，這是種不由自主的動作。下一瞬間，我掙脫了那些男人的手，頭碰到天花板。是失去意識後的靈魂出竅嗎？不，而令人驚訝的是，我竟然飄浮到了空中。男人們的手在半空中揮動拚命想抓住我，我踩在他們頭頂上時的樂趣可想而知。父親站在飯桌上想抓住我，我激烈地擺動手臂躲開他，但是綁在脖子上的繩子勾到了門把，最後我還是被拉了下來。

他們把我摔在餐桌上，捂住我的臉，把雙手反拉到背後，用膝蓋頂著我的背。我生氣了，當場拉了屎。現在回想起來真是莫大的不孝，但是當時不但沒有罪惡感，更因沒有表現得更激烈而感到遺憾。現在回憶起來，當時的自己真是非人哉，像隻不懂知恩圖報的野獸。

雖然是理所當然，但當時受到嚴厲的處罰恐怕是絕無僅有的。我被關在狹窄黑暗的房間裡，四肢被牢牢綁住，連一口水都不能喝。每當門口的有腳步聲響起時，我都會想著是不是來放我出去的？雖然我側耳傾聽，但腳步聲永遠只是從門前經過。這樣的期待不知反覆破碎了多少次。最後，門終於敞開了，而我也虛弱地站不起來，母親走了進來。

「墨非啊，孩子，如果你想跟我們住在一起，就得跟我們在同樣的高度，擁有跟我們同樣的分辨能力。你用鼻子看腳下，用翅膀在空中踩踏。但是，我們卻停留在既不是地面也不是空中的地方，觀察那些屬於我們的東西。你正經歷人類的幼兒期，如果不人性化的話，你會……」

母親看著眼睛只睜開一半的我，哽咽得說不出話來。這也許是感動吧，我的雙眼裡也充滿了水，四周都模糊不清。當然，這也可能是因突然襲來的光照而做出的反射作用。也許是因為當時情況緊急、快餓死了，總之母親的真心傾瀉般地傳到我身上。

母親為什麼那麼焦急？我直到成為人類後才明白，當時我處在「當人」還是

「當雞蛋」的十字路口。與我相同、帶著非人類基因的動物，在相當於人類幼兒期階段時，若不進行基本的人性化，就只會留下基因然後被屠殺，再放入圓圓的雞蛋殼裡，出現在某人的早餐桌上。雖然現在已經可以明講，但當時並沒有人告訴我。最近，連非人類遺傳基因動物「知」的權利也得到認可。即使無法成為人類，仍有權利聽取可能會面臨的處置。幸運的是，這反而刺激了我們人性化的欲望，不是嗎？坐在這裡的各位能夠知道這項事實，比起過去的非人類基因動物，不知有多麼幸福啊。因為知道這個事實，對於各位選擇自我認同和未來有很大的作用。

總之，沒有貓權、狗權、死權等說法。雖然有非人類基因動物權，但卻是連基本人權的底都搆不到。所以如果希望得到尊重，就必須成為人類才能爭取人權。我再次強調，身為人類，能夠享受的幸福和喜悅，就會像長滿整棵樹的成熟果實那樣，在大家眼前不斷展現。

總之，母親把食物塞進我不能動彈的嘴裡。我第一次知道動一動下巴就能產生咀嚼的力量。母親看到我的樣子，把準備好的食物自己先仔細嚼過，再塞進我的嘴裡。之後我變得文靜許多，說來羞愧，為了生存，於是我開始聽話。不知被關了多久，變得虛弱的我為了生存只好順從。不過如此的生活比我想象中更舒服。

媽媽讓變得溫順的我練習說話。多虧了四肢被捆綁著、強迫聽韓語錄音帶，即使不是非常準確，但我也多少能聽得懂。不過說話倒是頭一次。不光只是震動聲帶發出聲音，還要做出嘴型、彈著舌頭，母親要求的發音實在很難。但不管如何，我漸漸適應了。

不知不覺，我肚子餓了不再會咬母親的腳或大聲叫囂，也不再將面前擺放的食物用快要撐破鼻子、裂開臉頰的方式吞進去。我這才知道語言成為鑰匙，肚子餓的話就說「肚子餓了」；需要排泄可以說「我想要去洗手間」。我試著把新的鑰匙一個個塞進門鎖裡轉動，忙著享受開門的樂趣。要吃的，他們就提供吃的，如果想散步，就被允許去公園。儘管如此，我仍然知道有些鑰匙並沒有開門的作用，例如「我不想洗澡」這類的話。

即使表達了自己的意願，父母還是每天給我洗漱，給我穿新衣服，還噴香水。但這些在我眼裡仍只是個笑話。只要有人進入我在的地方，我就能憑氣味辨別出那個人，因為對方皮膚上會有他天然的味道，香水反而會模糊掉那個人的體味。人類喜歡藉由其他東西的氣味代替自己的味道，但那簡直就像借用別人的自我。人們為什麼不喜歡惡臭，還要費盡心力掩蓋那個味道？我真的很好奇。然而見到的每個人都散發著香味，穿著乾淨俐落，我實在找不到想要的答案。

「大家都是這樣生活的，不喜歡洗澡就不洗，但要對生活付出代價。」

母親對成長到某程度後仍討厭洗澡的我這麼說。對生活付出的代價，母親的話聽起來，就像是在講身為人類應該付出的代價。是的，母親身為一個人，只能經歷作為一個「人」的生活，那是理所當然的事。

我從語言中得到很多啟發，對基本禮儀也適應得很好，從表面上看來已成為非常人性化的存在。從沒帶我出過門的父母漸漸開始帶我出去了。當不知道該怎麼做時，我會看著父母，跟著父母的行為舉止。剛開始用兩隻腳走路很吃力，但我在規定的時間內一直堅持練習，後來用四隻腳走路反而變得很彆扭。

我與其他人類孩子一樣進入學校，維持著不落後的成績。當然，在青少年時期進行的三次人性化測試中，我也以優異的成績通過了。但我的內心仍充滿著對人類的疑惑。

例如雄性人類——請見諒，這是在骨子裡還沒有人性化時的想法——為什麼要戴著那樣又短又厚的腳鐐呢？雖說沒有比萬物之靈人類更自由的存在了，但是他們為什麼非要在叫做「職場」的那個狗窩裡待上半天呢？午餐時，也只在工作場所方圓幾公尺內，在腳鐐長度允許的距離內吃飯。下班後，再回到名為「夫婦」的鐐銬之家。

人類為什麼要用名為愛情的韁繩互相束縛呢？如果沒有「愛」這個字，人反而能自由地去愛，不是嗎？結婚只是公認的性關係，為什麼要那麼重視？我真的很好奇。剛開始我詢問母親，但大部分的回答都千篇一律：「大家都這樣生活，人類就是這樣啊。」

我明白了沒有比向人類表達對人類疑問更愚蠢的事。為了找到答案，我有必要完全熟悉人類的精神世界和生活，於是我熱衷於學業，最後按照社會課所學得的知識得出了結論。

人類是社會性的動物，喜歡聚在一起進行社交。他們有各自專用的語言，很有教養。他們希望展示給別人氣味更好、更乾淨的樣子，所以自己獨自排泄、洗澡，性關係也在隔間裡偷偷進行。但是性交無法自己一人完成，必須決定一個一起進行的伴侶。就像在街上拉屎要罰款、在洗手間拉屎就沒事，如果隨便跟另一個人交配就會有問題，但如果與決定好的對象進行則是可以被接受。隨著時間推移，我對這個解釋又補充了一些自己的看法。就像在街上拉屎，只要不被發現就不用罰款，無論和誰交配，只要藏好不被發現，就不會有問題。從以上結論得知，沒有比人類更在意人類視線的動物了，而理由就是人類是社會性動物。

在人類的青少年時期，也就是在進入高中前，我接受了人性化最終測試。當時資深面試官的提問，我到現在還記憶猶新。他說：

「你通過這個測試，在幾個地方整容，就可以得到內外都變成人類的認證，並得到身分證。現在問你最後一個問題，你真的想成為人類嗎？為什麼？」

我實話實說：

「萬物之靈就是人類，這是人類創造出來的話。人類喜歡與人類在一起並且感到驕傲，因此，我會成為完全人類，讓他們張開雙臂歡迎我。我想成為讓人類想把我拉攏到自己群體中的那種人。」

面試官笑嘻嘻地說：

「成為人類，你就能和他們變得親密嗎？當你感到即使成為人類，也無法與人類相處時，你就是真正成為人類了。」

當時聽到這話，我覺得簡直是胡說八道。我認為，如果自己成為公認的人類，一定可以和任何一個人成為莫逆之交。

我與父母一起焦急地等待測試結果，雖然有點擔心自己是不是回答得太誠實，但最後我堂堂正正地合格了。接到通知後，我立刻去醫院整容。我的四肢被捆綁住，躺在床上，打了麻醉藥，接受鼻子和尾巴整形，還有讓肩胛骨畸形突出的小肌肉移除的手術。因為肩胛骨的畸型肌肉發達，若手臂劇烈運動，我就會飄在空中，所以很久以前我就開始接受藥物治療，抑制肌肉繼續生長，而最後摘除時肌肉已經萎縮，就像緊握的嬰兒拳頭般又小又扭曲。

某天，母親將那個稱呼為「翅膀」，結果被父親狠狠訓了一頓。

「那個是畸形，翅膀只不過是我們一廂情願的想法。哪個人類身上會有翅膀？」

母親低著頭什麼話都沒有說。自從下定決心要把我培養成人類，就不能使用「翅膀」這個詞後，媽媽就再也沒有摸過我肩胛骨上的肌肉。我也被再三叮囑，不要向兩邊用力展開胳膊，不要像鳥類振翅高飛般，做出前後揮動的動作。因為服用肌肉收縮劑，我的背部肌肉逐漸變得萎縮，活動雙臂的動作便漸漸消失了。

之前肌肉漸漸朝後背中心靠攏，學校同學們都取笑我是駝子，所以當躺在床上被麻醉、摘除肌肉時，你們恐怕難以想像這帶給我多大的快感。即便在非人類遺傳因子族群中，我也是屬於較奇特的一類。在這裡有耳朵像兔子那樣長、鼻子像小狗一樣黑又粗的人，卻沒有像我這樣的駝背。如果有的話請舉手……果然沒有。

那天以後，如同大家所看到的，我變成了一個長鼻子的人。入學的第一天，大部分的同學們都來跟我親近。骨骼大又肌肉發達的我，從身體中排除非人的因素，調整完善後，成為一個不算太差的人類。是啊，看來是被當成人類了。其實我自己看著鏡子，也會產生這種想法。

我不僅沒有被嘲笑是駝子，還被推舉為班長候選人，我周圍的朋友就像圍繞雌蕊的花瓣般，將我團團圍了好幾圈。我和同樣在花瓣正中間位置的舒爾赫一起經過走廊時，可以感覺其他班級的女孩子們眼睛一亮並竊竊私語。我們在人群中就如同知己，我特別喜歡我們一起成為運動主將、奔跑後一起喝水的時光。清澈的水滲入靈魂中，我沒有任何乾渴的感覺，甚至不知道世界上有「口渴」這個單詞。

在我被嘲笑是駝子的從前時光，我多麼希望融入人類孩子的群體中，而現在不僅融入還身處在正中心，讓我心情非常激動。我照著在家和學校所學到的，拚命給予其他人關懷，結果追隨我的孩子更多了，而相對的，也出現了討厭和敵視我的孩子。即使我先靠近他們，他們也只會越走越遠。

特別是個叫傑維斯的孩子。傑維斯犬齒特別尖，顴骨突出的兩頰像淘氣鬼般，有雀斑，嘴角總是往上揚彷彿隨時都在嘲弄著，而那看起來成熟、老成的嘴角，相較之下給人稚氣未脫感，是個非常奇特的孩子。他身邊沒有圍繞著他的朋友，不但不會主動找同伴，就連對接近他的同學也不友善，像要把人趕走似的。我去找他說話時，他毫無道理的荒唐回答讓我感到丟臉又沒有面子，只能止住接近他的念頭。舒爾赫用不滿的眼神看著想要接近傑維斯的我。他徹底區分花的內外，在花以外的孩子他連看都不看一眼。

人類這種動物雖然物種一樣，卻並非所有人類都彼此適合；從外表看不出來，但是一深入了解內在，就會發現是意想不到地複雜。我表面上不動聲色，但會去思考哪些是人性化的應對方式，接著才採取行動。我的性情得到很好的評判，成了學校的模範生，還在朝會時接受校長的頒獎。

但那也只是暫時，不久後，我遭遇到難以抹滅的污點。堵住雙耳發出淒厲吶喊的人；鬼怪模樣的人，像吃硬餅乾般咀嚼著小寶寶；坐在椅子上，燃燒融化、吶喊的死亡現場。那次高中修學旅行去了羅浮宮，我看到牆上掛的畫後突然暈倒，醒來時——現在說來真不好意思——我騎在照顧我的輔導老師身上，同學們圍著我，而為了抵抗他們，我咬噬他們的脖子，導致他們血流如注。

我興奮得連自己在做什麼都感覺不到，闖進來的警衛在我脖子上套上繩子，勒緊我的喉嚨後才制服我。後來才知道，那個繩子和小時候套在我脖子上的是一樣的材質，也就是說，非人類遺傳基因者和犯罪的人類竟是用同一種繩套。

我明白了，是相框裡的畫喚醒了我的本能。當然，孟克的〈吶喊〉和哥雅的〈農神吞噬其子〉等都是古典名作，在生活中並不罕見。但是，第一次看到那麼大的尺寸，而且是原作，加上那些畫透過我自己的視角，觸碰到我內心最深處，連我自己都不知道存在的地方。它比性感帶還敏感，比耳蝸裡的管道還要細，讓人不解它是如何被隱藏那麼久。

從那天開始，原本忠實地跟在周圍的朋友，看到我都變得只是冷冷瞟我一眼。他們在自己所屬的小圈圈嘰嘰喳喳地吵鬧，然後會突然好像想起什麼似的，轉頭看看在圈外的我。舒爾赫甚至連輕蔑的視線都不屑給，我只能被巨大的失落感折磨。相反地，以往敵視我的傑維斯走了過來，拍著我的肩膀輕聲說，你的爆發力真是太酷了。

那個孩子有著特別長的犬齒，在博物館看畫的時候，在我旁邊小聲地吼叫，他的聲音和畫使我拋開理性，然後我就失控了。我當然要疏遠傑維斯，但是他總是跟在我後面，真是有夠麻煩。

「你和我是同類。」

某天，我打掃完畢、橫越學校運動場時，那傢伙走過來對我說。我加快腳步想甩掉他，他卻又喊道：

「要不要告訴你一件好玩的事？」

不管是什麼有趣的故事，我都不想從那傢伙嘴裡聽到，但他接下來說的話卻讓我停住腳步。

「你以為在博物館裡咆哮的，只有我一個嗎？你沒看到我們班的同學每個都氣喘吁吁、額頭青筋都快爆了嗎？」

回想起來好像是如此。我想起看畫時，舒爾赫的臉色越來越白，我還抓著問他還好嗎？他卻用讓我感到疼痛的力道甩開我。舒爾赫冒著冷汗，眼神與平常不同，瞳孔變得非常大，當時我的動物本能感應到危險，於是便不再與他走在一起。

「算你倒楣，你太快了。如果不是你先興奮起來，其他人就要發作了。你不覺得這所學校很怪嗎？全班同學的體力都異常得好，午餐後還按時吃維生素。你吃的維生素，不就是人類荷爾蒙嗎？你有非人類基因吧？」

被發現了，我頓時動彈不得。但是他接下來卻說出更讓人吃驚的話。

「看你的表情，被我說中了吧。其實不只是你，其他透過維生素取得荷爾蒙的孩子也一樣，這所學校只是個將具有非人類基因的動物聚集在一起的飼養場而已。」

「不可能，我已經完成三次人性化測驗了，我是個人類！」

我一反駁，那傢伙就笑嘻嘻地說他自己也一樣，他聽說這是一場無時效性的測試。我快要瘋了，才剛成為人類沒多久，我就表現出動物的樣子，如果像他所說的，學校生活是測試的延長，那我肯定會被降級為動物，被淘汰。

「你不會馬上被退學，不用擔心。這是在融入人類社會之前最後三年的測試，如果可以活得更像人類，應該能順利畢業吧。」

他的話雖然很難以置信，但不可否認這當中的邏輯。我問他是怎麼知道的，他輕蔑地笑說：

「在這個學校裡，任何想被認可為人類的孩子，都會在意別人，透過他人的視線來看自己。但是我用自己的眼睛看。除了我以外，還有幾個眼尖的人也已經知道了。」

我頓時失去生存的意志，各位也曾經那樣過吧？想盡最大努力實現某件事，但周遭情況和條件總是讓人感到挫折，打擊求生的欲望和努力。那個叫「環境」的傢伙可以放過我最好，但它卻將我絆倒並嘲笑我。雖然想馬上站起來再跑，但那個固執的傢伙卻拖住我的腿。就算我好不容易站起來，膝蓋和腿上也是傷痕累累，要再舉步都感到無比艱難，最後陷入深深的絕望和悲傷之中。

但是在這種艱難的環境中，哪怕只動挪一步，不也是人類會做的事嗎？即使碰觸不到，也要向目標邁進直到最後一步，這難道不是人類與動物的不同之處嗎？我撐起快倒下的自己，以最後一點力氣，離開了傑維斯那傢伙，逃出了學校。

「你以為我們接受人類的管理，就能擺脫動物性嗎？實際上，人類才是經過管理、被管理的動物，不是嗎？」

傑維斯在我身後說的話，宛如回聲般留在我的腦海裡，折磨我好幾天。在那之後，我只做出了更加正確的行為。即使沒人看，也會撿起掉在街上的垃圾；我和被孤立的孩子一起玩，把作業借給沒寫作業的同學，還代替對方被罵。

還有在宿舍後側，有個滿是土石的小坑，我在那裡種植草和花，將那裡裡變成了蝴蝶會飛舞其中的花園。那個泥坑很久以前曾傳出發現學生屍體一事，是個從來沒人敢靠近的地方。花園的訪客除了我，大多是教職員，熄燈後就沒人能進來，這點我很滿意。

對於我的正直行為，老師讚不絕口，同學們卻更加冷淡了。我不只是全校第一名，而且還精通茶道、騎馬、單簧管等人類享有的高尚愛好和禮儀。

從外表上看，我已成為無可挑剔的人類，但至今仍時常因對人類世界的幻滅和不信任所束縛。其中之一就是藝術。藝術直接展現了各種醜惡殘酷的場景。看到那些用最好的衣物遮掩、噴上最好香水的部分，被肆無憚忌地展現出來，人類為什麼會皺眉、咂舌，甚至把畫從牆上撕下、踩碎呢？我很好奇，為什麼不能裝作沒看見，反而是深深凝視著四方框裡面？但同樣瘋狂的東西，只要是掛在美術館內，人們就會發出讚嘆，對它愛不釋手。

縱火、精神分裂、對正常事物的敵意，如果一切都在方框內，就成為了藝術。但在我眼中，真正活得像藝術的人，都應該被關進精神病院或監獄。人類喜歡欣賞藝術，卻對活得像藝術的人如此鄙視，對流浪者、瘋狂的人感到失望；為什麼對他們所畫的畫或創作的音樂、寫下的字句都如此吹毛求疵？

我就像在監獄裡，看到牢房唯一的那扇小窗般，深深被藝術吸引。但正如大家所知，這是基於不同於普通人類的理由。主角為了藝術而點火時高興得渾身顫抖，或者是男人與小姨子外遇時無法控制的喜悅喘息，這些都讓我更加仔細地盯著看，甚至專注到眉間都皺了起來。後來我明白了，在普通生活中不處理、不包含在日常生活表面的東西，都歸藝術承擔。人類只生活在「到此為止是人類的生活」的邊界內，不屬於此範圍的事物，都被埋沒在無意識的黑暗中，而從黑暗中挖掘材料、製作而出的，就是藝術。

藝術是公認的反人類行為，並非直接對人類施加影響，只允許在相框或畫框內發生。於是，學校的同學們每到下課休息時間，就會彼此偷偷分享在雜誌或稱為視窗等方框中的淫穢東西。

但是這些事物中的女人裸體，並沒有給我帶來太大喜悅。對我而言，撲騰的蝴蝶翅膀反而能激起我的性慾。

你見過被大拇指和食指輕輕扣住翅膀的蝴蝶，那掙扎旋轉著的觸角及顫抖的複眼嗎？蝴蝶像天鵝絨般柔軟的翅膀中央，隱藏著與其他昆蟲一樣又黑又長的醜陋身軀。這種只由翅膀構成，或只以黑色軀幹存在都不協調的東西算什麼？這是置身於美麗之中的凶惡！

一到大家熟睡的夜晚，我就爬到宿舍後面的小山上抓蝴蝶。我撕開撲騰的翅膀，將碎片揉搓在臉上，用力地聞。嘴裡含著口水，滿頭大汗，手掌也變得黏呼呼的。我喘著氣，把收集在桶裡的蝴蝶一下子全倒出來，用力撕開。月亮從雲端裡高高地探出頭，我看到在花圃周圍徘徊的剪影，我追了過去，卻發現留在地上的，竟是翅膀被折斷後、丟棄在草坪上的蝴蝶。

從那天以後，我開始擔心是不是有人在窺視我的特殊喜好。夜裡我不再去後院，改而只看蝴蝶的照片，但最吸引我的還是鮮活的蝴蝶。那天我又來到後院，為了抓住像滿月一樣特別大、顏色特別黃的蝴蝶而奮力之際，草叢裡傳來翻滾的聲音，有人站了起來。

我連聲音都沒發出，只是看著來者。在緊握的拳頭裡，蝴蝶翅膀被我碾壓成了碎片。

「怎麼一副看到惡鬼的表情。」

聲音的主人是傑維斯。起初我怒目相向，但後來想想慶幸還好是他，至少他不會到處向任何人宣揚。透過十根手指，我感覺到蝴蝶翅膀的碎片從手裡落下。沾上蝴蝶鱗粉的手掌刺痛著，但心裡也燃起希望。剛才抓到蝴蝶的瞬間，他應該並未窺探到我這個喜好的真相。然而，他接下來的話打破我的期待。

「我們不是人類，為什麼要對人類女性產生性好奇呢？不奇怪嗎？為什麼別的不行，社會非要慫恿與人類女性進行性交呢？」

他看到我撕碎蝴蝶了嗎？有看到蝴蝶被弄碎時，我冒出冷汗、因興奮而呼吸急促的樣子嗎？我想從他的臉上找到答案，卻是徒勞無功。我想抹去額頭的汗水，但手上的蝴蝶鱗粉若進入鼻子或嘴裡，可能會引發呼吸困難，所以只能將手掌往褲子上一抹。我盯著傑維斯，他用平常的語調說：

「不覺得這就像我們學習人類的禮法一樣，也學習了他們的本能嗎？就像看到長輩就要問候，看到女人的身體就應該接收為性符號，進而表現出身體一部分不舒服的反應。所以社會是不是暗地裡鼓勵人們，要多偷看傳播色情的雜誌和影片呢？

因為要喚醒並熟悉本能。雄性比雌性更積極、更難忍受本能反應，這也是後天學習訓練的結果。」

可是我小時候騎在坐我旁邊那個女人身上的事，又該怎麼解釋？當時還不是人類的我，卻向人類女性發揮了人類本能。傑維斯簡單整理了下。

「存在尚未被分化時，理應能與包括人類在內的所有生物相通。當時在你面前的生物不是只有人類嗎？法律規定，養育非人類基因者的家庭，不能再養任何寵物類生物，是為了讓非人類基因者以人類生活為榜樣。你和我是第幾號實驗個體？」

我不是實驗個體，我是人。是通過人性化測試的人。

我想這樣反駁，但說不出口。他似乎當我默認了，把手中蘋果拋得老高。

「其實，我看到切成一半的蘋果一點都不想吃，我只想親吻。看到別人嘴裡咔嚓咔嚓咬著的蘋果，我的肌肉會痛，有種刺骨的感覺。我的遺傳基因中肯定滲入了植物基因。」

聽完他的話，我為什麼瞬間有如此舒服的感覺？即便他的話裡包含著他和我都不是人類的前提。相較於再建立「我是人類」的信念，「我可能不是人類」這點更讓我感到安心，真是太奇怪了，這與舒爾赫分享水喝時的心情不同。若說舒爾赫和我之間的空水杯堅定了我們的關係，那麼和傑維斯聊天，就像邊撕邊吃的麵包一般，越吃越美味。

那晚之後，我與傑維斯變得異常親近，經常一起行動。老師稱讚我做得很好，願意與被排擠的同學一起玩，是個非常人性化的孩子。我不再幫其他同學跑腿，也明顯感覺到同學們對我的某種友好似乎被移除了。但我至少是班上唯一被老師稱讚「人性化」的學生。距離憧憬的形容詞更加接近，我開始變得以往不同。

舒爾赫與親切對待我的孩子們不同，彷彿代替他們以輕蔑的眼神看著我。我常感覺後腦杓似乎被什麼東西拉扯，一回頭，就會發現舒爾赫的目光投遞過來。

我再也不想坐在舒爾赫的隔壁，不想和他分著喝一杯水，也不想和他一起吃零食，我滿足於與傑維斯的學校生活。但是有一天，就在家長參觀日即將來臨前，體育課時，我和平常坐冷板凳的傑維斯一起在空著的籃球框下玩，這時踢足球的舒爾赫一行人來到籃球場。他們分組，要求原本要玩籃球的傑維斯和我改玩足球，改移到運動場中間。其中一個孩子說缺一個人，要我過去一起玩。雖然我拒絕了，但在和傑維斯踢足球時，我一直偷瞄向籃球場。所有人都傳球給我、與我擊掌，說這是最棒的比賽，我又重新找回了刺激的感覺。我腦中滿是其他思緒，沒能調整好速度便迎面跑向傑維斯，傑維斯急忙轉向想要減速，最後卻摔倒、腳踝骨折。

那當然是意外。傑維斯住在校內醫院，我又再度變成一個人，但這種狀況並不陌生，所以沒什麼太大問題，不過就跟舒爾赫把我帶到花瓣中央之前一樣。

舒爾赫在教室裡傳遞電子菸，同學們都瞞著老師偷偷吸個幾口又傳給下一人，他們也有傳給我。一直到昨天為止，除了我，所有在我周圍的人都你一口我一口傳著抽電子菸，現在傳到我手上。你們知道那種感覺嗎？我以為是要我再傳給別人，我望向遞菸給我的同學，他卻避開我的視線。

但是我根本不想碰那個電子菸，我知道不可能只靠吸一口菸，就能重新被接納、回到花瓣中央，但心裡有種情感不知不覺推開了理智。我低下了頭，用嘴對著冰涼的濾嘴吸了一口，心裡想著既然傳到手上，不吸一口說不過去，卻忽略了更深層的理由。我把菸遞給別人，舒爾赫看著我，雖然我別過頭，但在視線轉移的瞬間，我看到他露出了微笑。那天中午，我再度被朋友們包圍、在人群中央吃飯，吃完飯，舒爾赫拿出華麗的飯後甜點，是切好的水果，同學們一塊一塊拿起來吃。

這絕對不是只為了想嚐一下水果的味道。與朋友們圍坐在一起，咀嚼同樣的東西、吞嚥下去是很重要的事。我們以相似的速度動作著，感受到彼此之間流淌的橘子香氣、香瓜的甜、櫻桃噗滋作響的口感。在那一瞬間，除了大家共感到的體驗，這世上彷彿再沒有其他更重要的事物。

同學們恢復了我在博物館裡崩潰前那樣地對待我。他們和我隔絕了很長時間，但卻彷彿毫不要緊。雖然剛開始有些尷尬，但很快就適應了。我暗暗希望傑維斯不要康復，不要回到教室。

與同學們相處越愉快，我半夜在宿舍後院時就更用力撕裂蝴蝶。雖然只想待在房間裡剪蝴蝶照片就好，但這種快感與剪照片不同，是透過手指蔓延全身的快感。就像翅膀上的蝴蝶鱗粉透過指尖，順著血管擴散到身體各處，是一種夢幻般的喜悅。我完全沉醉其中，氣喘吁吁，這時聽到了動靜。

我奔向那個動靜的中心，看到比被我撕裂數量更多的蝴蝶，被撕成碎片、散落四處。不祥的預感拽住我的後腦杓，我回頭一看，舒爾赫正在注視著我。他手上沾到的粉末在月光照耀下閃閃發光，就像魚鱗一樣，他的眼神也閃閃發光。代替蝴蝶血液流出的鱗粉，散發出的氣味麻痺了鼻子，讓人精神恍惚。他察覺到我的視線，將我的雙手拉到背後。草叢中，班上的同學探頭探腦的，舒爾赫薄薄的嘴唇微微上揚，像魔術師輕輕踩了一下，繩索出現劇烈晃動，接著瞬間向兩邊收緊。

我把在宿舍睡覺的傑維斯叫到後院，他一瘸一拐毫無懷疑地走出來。現在回想起來還真是件棘手的事，但我必須證明給舒爾赫看。人類，或是追求成為人類的各位應該很清楚，無論是誰，都想成為更好的人。在父母面前，我想成為更加堂堂正正的人。我現在就像一艘帆船，好不容易在教室這個茫茫大海中找到平衡並漂流著，不能再回到孤身一人吃飯的處境。舒爾赫的眼中如微風吹拂漣漪般盪漾著，但我知道下一瞬間就會掀起海嘯，變成波濤洶湧的地獄。而且我也不願失去和朋友們圍坐在一起，剝著橘子分食時清爽的香氣。

我一隻手抓著傑維斯，黏黏的滿是汗水，而另一隻準備推倒他的手卻涼涼的。在泥坑前，傑維斯停下腳步問我到底怎麼了。我低著頭小聲問他，能不能鑽進這個坑裡。不知是不是聽不清我的話，他轉過頭大聲再問一次。等一下就會把你拉出來，我在嘴裡支支吾吾地呢喃。傑維斯又大喊：

「你在說什麼？我聽不懂啊。」

突然，我意識到躲在草叢裡偷看的舒爾赫和同學們，會不會正在嘲笑我反被該料理的對象料理了呢？在恐懼中我發出怪叫，將傑維斯推入黑暗的坑裡。

那晚的後續我再也記不起來了。不記得自己是怎麼回宿舍、什麼時候睡著。隔天早上，我關掉鬧鐘起床，像往常一樣洗漱後上學，什麼都沒想起來。在早自習時，老師進來說在後院的坑裡發現了傑維斯，被救護車送走之後，傑維斯一直處於昏迷狀態。老師說，坑裡有數百張蝴蝶的照片和撕裂的翅膀。老師問了平常跟他最親近的我，知道他對蝴蝶很有興趣嗎？

「很多人知道啊。他帶過蝴蝶照片來教室，因為包包裂開，都掉在地上。」

有人說「對」，附和的聲音開始此起彼落。老師沒有把視線從我身上移開，我知道她要我回答。就像舞臺上的照明那樣，同學們的視線都集中到我身上。我慢慢地開口，本來想打嗝的，但還是嚥下去了。

「傑維斯是蝴蝶迷。他喜歡看蝴蝶被撕裂的樣子，因為可以感受到快感。據我所知，他一直在別人看不到的後院做那些事。」

大家一片寂靜。傑維斯被退學了。在家長參觀日那天，我得以盡情向父母展示我在花瓣正中央的樣子。我在足球場上擔任中場，與舒爾赫共享一杯水，被橘子的香氣包圍，還和同學們一起吃零食。

假期來了，我到那傢伙住的地方徘徊，但還是沒能見到他。或許他已經成為某人早餐桌上的水煮蛋或荷包蛋了。反正那傢伙不夠穩定，幾乎無法成為完全的人類。不是人類，就只能是低等獸類或廢物，我不可能對那種東西產生感情。當時雖然這樣想，但偶爾還是會被那傢伙出現的噩夢折磨。在當時，我不知道那是種什麼樣的感情，但在與很多人類，以及嚮往成為人類的生物談過之後，現在終於可以明確說出來了。

是一種罪惡感。正是那個罪惡感，把我變成了人類。就像創造者在塑造人類形象時，從鼻子注入生機的瞬間一樣，見不得光的罪惡終於讓我成為人類。有了真正必須隱藏的東西，我比平時清洗得更乾淨、打扮得更端莊，這樣才能像沒有那種惡毒的事發生過般地生活。很奇怪吧。我曾經非常討厭陽光停留的地方，但現在卻只會走在那上頭。我以更親切的面孔和朋友們待在一起，學會了如何以笑轉移注意力，還學會運用華麗的技巧，所以只要我開口，朋友們就會爆出震天動地的笑聲。

就在我們的笑聲像盛開的櫻花般，開完凋落之際，我們畢業了。這時我才知道，傑維斯曾說過我讀的學校是人類化測試的最後階段。在學校這個小箱子裡，我們就像膨脹的微生物，為了在現實中佔有一席之地，為了不被消滅，我們互相感染彼此的毒性，互相撕咬對方。

當然，無論發生了什麼爭鬥，我們最後都毫髮無傷。我輕而易舉地進入知名大學的文化人類學系，開始探索各式各樣的人類，研究人類進化的方式和混亂的形態。我以第一名成績畢業，並留在研究所做研究，還準備創設將文化人類學縮小範圍研究的人類學科。

在我任教的大學裡，我成為人類學科中最年輕的教授，還執筆寫了非人類基因者必讀的書籍《超越動物和人類》、《人類行為方式的範圍與實務》、《什麼是禮儀》。我成為人類社會中不可或缺的存在，成為比人類更能說明人類的存在。當然，我一直以各式各樣的方式強調人的價值和精神。

成為了如此成熟的人，當然就有了孩子。就像在青少年時期經歷過最後的人性化測試，如果高中時徘徊在「要不要成為真正的人類」的十字路口，育兒問題則成為我現下的另一個關卡。我的孩子長得比我還怪，沒有鼻子、眼睛不對稱、耳朵長在臉頰上、腳後跟有蹼，像游泳般在客廳裡到處亂爬。那個孩子聽不懂人話，讓我面臨莫大的困難。身為熟悉身體機能並能流暢運用的人類，那孩子卻一點也不理解語言和技術。這時，我才對將我養育成人的父母流下眼淚，並對其付出的辛勞充滿感謝。

雖然是繼承我遺傳基因的孩子，但對於一些本能的吃、喝、拉、撒、睡等行動，做起來更加毫無顧忌，讓我感到非常難堪，甚至差點就要飆髒話。幸好我的妻子沒有我那麼嚴格，還是把孩子照顧得很好。

我看到有觀眾迷惘地看著我，應該很擔心繼承我遺傳基因的孩子，會不會也像我們家的孩子一樣惹麻煩。為了解開大家的疑問，我只好不客氣地老王賣瓜一下了。各位請放心，一般來說，進化基因的各種特質中，長處會佔優勢，各位知道嗎？雖然我出生時帶著非人類基因，但我認為自己比人類更完美，而經過後天調整，我成為比普通人類男性更受歡迎的精子提供者。我認識了許多政界、財經界人士的女兒，她們明明與有著純正血統的人類結婚，卻希望擁有我的精子。

各位，我只跟上層社會前百分之七的名門閨秀交流。她們為了確認非人類基因者的我多麼有人性化，無不希望在進入卵子採集室前能經常和我見面。不僅如此，我每個月都會在醫院免費接受活體荷爾蒙檢查，國家指派健康管理師二十四小時照料我的生活起居，因為維護像我這種人才的健康是國家的義務。到海外乘坐專機、住最高級的飯店，這些也是國家給予的優待。哈哈，這太讓我驕傲了。但是在這裡我想告訴大家，無論是誰，都可以成為非常優秀、完美的人。

各位都知道，人類的基因和甲蟲只有十四個不同，其他幾乎都一樣。所以如果甲蟲繼續進化，難保哪天不會成為人類。我的結論是，只要努力，誰都可以成為人類。為此，希望擁有非人類基因者努力成為人類，而擁有純正人類血統者則努力成為更好的人類，這就是我不惜以自身羞愧的過去作為範例，要告訴大家的重點。謝謝！各位這麼熱烈的掌聲，真是萬分感謝。

這篇文章是將墨非的演講內容轉載成文字。如同他的自白，墨非成了完美的人類，目前仍定期追蹤檢查，嚴格管理他的精子，同時為了不破壞後天形成的生物特性，提供他住最高級的飯店，並享有搭乘專機的禮遇。

如果無用的人越來越多，社會不能發揮作用，那麼就要建立由新人類組成的新社會。目前是新人類計畫的實驗期，因此還尚未決定被遺棄的物種是人類還是非人類基因者，目前兩者並存。但如果其中任一物種的敗類擴散，政府就必須盡快做出決斷。若非人類基因被選定為引領新社會的新一代人類，那麼墨非的演講將具有重大的意義。

該演講以「墨非的詭計」為題，向非人類基因者以外的人類反覆傳遞，並製作成音源檔案。真正的人類應該如何應對？成功的人類又該是什麼樣子？這個帶給人類很多質問和感悟的演說，在墨非死後仍會持續被活用。

〈墨非的詭計〉完

月　光

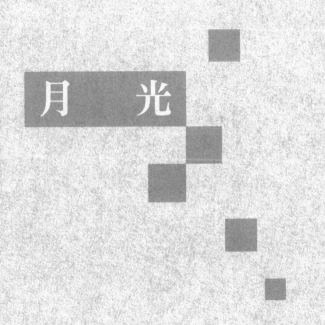

關了燈聆聽的〈月光奏鳴曲〉，有種無法預知的感覺，時時刻刻讓人感到緊張。命運在水裡翻轉尾巴，把身體露出在湛藍的水面上。戴著黑色面具的命運悄無聲息地走過來，似乎想攫住熟睡中的我的脖子。即使沒被攫住，在深沉的睡眠中，也能真切感受到被某種東西盤踞的不安感。彷彿要喘口氣般，在鋼琴沉默的瞬間，我呼出憋著的氣。還有其他像這首樂曲一樣，能讓人集中感覺的音樂嗎？

吐出長長的一口氣，接下來的第二樂章就顯得平淡，旋律鬆散，再怎麼傾聽也難以集中精神。如果第一樂章感受到揉搓人生麵團的命運魔力，那麼第二樂章就像沒有彈性、烤得扁塌的麵包。難不成〈月光〉的第二樂章在創作時，是以作為背景音樂的白色噪音為基準嗎？成為接在讓人期待命運、做好心理準備的第一首樂章，其悲壯感之後的喪氣曲調。

窗外月光照在桌子上滴溜溜轉動的黑膠唱片上，彷彿在昏暗的舞臺上打開了聚光燈，突然出現照明。窗外被雲遮蔽的月亮出來了，月暈宛如眼皮上的瘀青。傳說農曆十五的月暈就像月亮發霉長毛一樣，是不吉利的象徵，但對現代人來說，那只是無關緊要的迷信，對我來說更是如此。因為每次滿月升起，就是丈夫出差的日子，我可以盡情參觀丈夫的書房，這是很幸運的事。

身為整形外科醫師的他，同時也是攝影雜誌的特約攝影師，每個月出差歸來後，都會製作連我也很難看懂的抽象照片。書房門旁的牆上雖然掛著他獲獎的作品，但去掉所拍的風景，又重疊又打馬賽克，實在看不出他拍了什麼。不知是不是因為藝術家的習性，丈夫待在書房的時間比在臥房還多。他不喜歡我來這裡，每次敲門後都要等好一陣子，才會聽到一聲簡短的「進來」，而他的聲音裡隱含著不希望被打擾的傲慢和煩躁。所以，我只能利用這種機會，偷偷去他的書房探險。

視線從發出枯燥旋律的黑膠唱片上轉移開，看到了玻璃水槽，裡頭的貝塔熱帶魚好像散落的螢光指甲，在黑暗中游泳。旁邊刻著魯本斯名畫的裝飾櫃內，各種品牌和模樣不同的折刀，像舉手敬禮的士兵般整齊排列著。如瓷磚般井然有序排好的書及整理乾淨的書桌，上面還放有四角端正的電腦。書房裡都是褐色系列的古董家具，似乎還散發著消毒水的味道。當然，潔癖是他唯一明顯的特質。

丈夫不喜歡別人碰自己的東西，所以桌子抽屜上了鎖，電腦也用密碼鎖住。但是，越被淹沒的事物，讓人想挖掘；被包裹得越嚴實，讓人越想打開一探究竟。

我一邊聽著音樂，一邊坐在電腦前。打開電源，螢幕上出現了輸入密碼的提示。從他的手機尾數到出生年月日、身分證字號尾數、與前妻的結婚紀念日等等，嘗試了數百次，始終無法順利登錄，看來我得關閉電源了。

密碼錯誤。雖然知道會出現同樣的結果，但還是仔細回想了下他的喜好和習慣，再把手放在鍵盤上。

第二樂章結束，在安靜的背景畫面前，我敲打出「畢卡索」，因為藝術家當中他最喜歡畢卡索。按下enter鍵，輕快的演奏聲擊中耳膜。第三樂章的開頭似乎預告命運的漩渦已經到來，我內心的任何東西都一起被漩渦包圍住。這種不尋常的感覺讓人脈搏加速跳動，冷汗直出。螢幕桌面上出現「登錄成功」的文字。

我緊張得彷彿嘴裡含著冰塊。顯示器中的指針變成箭頭形狀後，我輕輕按下滑鼠，點擊文件夾。文件夾內分有興趣、工作、隨想等類別的子文件夾。我有一種在窺視鐵門緊鎖地下室的感覺，呼吸更加急促。點擊「興趣」文件夾，出現各種刀具的品牌和最新商品資訊。他的愛好是收集折刀，而他的頂級手術器具也都是折刀。商品照片下面附有他親自寫的使用筆記。Victorinox雖然小，但靈巧；Leatherman

的刀子雖實用但大又笨重，果然是美國製商品……

容量最大的是他的工作文件夾，裡頭放著他拍攝及合成的照片檔。大略瀏覽後，我按下「影片」的文件夾，點開其中一個影音檔。是個站在地鐵電扶梯上的女性背影。也許是大學生吧，她一隻手臂抱著厚厚的專業書籍，一頭長髮，穿著迷你裙。鏡頭靠近女子，近距離拍攝在短裙下露出的大腿。這個……是什麼？我皺著眉盯著螢幕。上手扶梯的腿，鏡頭貼得更近了。自動手扶梯上到樓面後，鏡頭再次與女子保持距離。我按下停止鍵，用手捂住差點驚呼出聲的嘴。點擊其他影片後發現，除了背景和對象不同之外，所有內容都是女性的腿。

黑膠唱片中的無形手指移到高音階琴鍵，樂音中的緊張氣氛高漲。我一邊聽著越來越尖銳的琴音，一邊關掉影片。如果只是普通的色情片，我不會這麼驚訝，但丈夫竟然儲存了這麼多偷拍畫面，實在難以置信。唱片流洩的旋律到最高音之後，又開始下降。唱片中在琴鍵上翹起的手指，像安撫我般輕柔地向下，讓我長呼了一口氣。是啊，也許這些偷拍影片是從網路上下載的，下載的東西可能混進了工作文件夾裡，或者只是作為素材、另外剪輯成其他成品。重點是，只要看看丈夫的手機，就能知道是不是他自己拍的。我關掉電腦電源，望著月光照耀著的窗外，欣賞著奏鳴曲。

命運不會一鼓作氣衝出，或者發出「請小心」的警告，但隨後等我們被安穩的日常生活淹沒、完全忘記命運的警告時，才從身後開始慢慢勒緊我們喉嚨。這就是為什麼，在第一樂章不平凡的前調和激烈的第三樂章中間，插入平順到近乎厭煩的第二樂章的原因吧。在敲擊最低音，旋律再次往上衝的瞬間，按門鎖的聲音傳來。

他把巨大的相機和背包放在書房裡，用手摸著我的肚子問：

「我們寶寶有沒有乖乖的啊？」

「嗯，老公，不過我最近肚子脹得好大，在懷孕初期這樣是不是太胖了？」

「別擔心，這裡面都是羊水，不是因為吃東西才脹大的。明天下午預約了我們醫院的婦產科，順便一起吃晚飯好嗎？下午手術時間比較晚，和妳吃完飯再去醫院就行。」

我點點頭，看著他狼吞虎嚥地吃著宵夜。為了抗拒撲鼻而來的飯菜味道，我喝著排毒果汁，他拿起遙控器打開電視。

——隨著夏天到來，穿短褲的女性越來越多，以她們為目標的「下衣失蹤犯罪」正日漸猖獗。跟蹤穿熱褲或迷你裙的女性、偷拍特定部位，這些是非常明顯的犯罪行為，拍攝的影像廣泛流傳甚至還有人販售，造成更大的問題。不僅在街道上、地鐵站，飯店或水上公園內的更衣室等場所都有出現，拍攝的影像除了有交易行為，現在還被非法的攝影共享網站利用。最近更從侵害被害人肖像權和造成精神損失的「下衣失蹤犯罪」，演變成持凶器砍傷女性身體部位後逃跑的傷害罪，引起大眾的關注。犯罪心理專家表示，通常行凶者是透過對穿著較暴露的女性施暴，來達到某種性滿足，如果不過止，很有可能會變本加厲，因此急須迅速調查和逮捕。

吃完飯、看完夜間新聞後，他表示要把拍好的檔案先轉存到電腦裡，便起身去了書房。我有把電腦關上，椅子推回桌子深處，黑膠唱片放回原來的地方，窗簾也拉上，一切都有恢復到原來的樣子，沒必要擔心會被發現曾偷溜進書房。我把盤子放進洗碗機，坐在沙發上看天氣預報。明天會比今天更熱，氣象主播的連身裙短得很顯眼。不管下衣失蹤犯罪是否猖獗，被陽光曬得火熱的街頭都會遍布露出大腿和臀部的女人，而前去找丈夫做下肢抽脂手術的客人也會增加，因為夏天是最適合展現身材的時刻。

手機短短地響了一聲，螢幕上出現未顯示號碼的訊息。還我丈夫。妳入侵我的領域，掠奪了所有東西，幸福和愛情。妳會下地獄。雖然未顯示來電者，但可以確定是他前妻傳來的。雖然因這個女子的惡意騷擾，我已經更換好幾次手機號碼，但她不知為何就是會知道，繼續傳辱罵的訊息過來。丈夫與前妻已經完全中斷聯繫，地址或電話號碼都不知道，不可能透露。對於她這樣死纏爛打，我只覺得可憐。我略帶勝利感，不以為意地撇了撇嘴，又喝了一口果汁。

與丈夫相識，是在他擔任特約醫師的整形外科，那是專為女性顧客設立的複合式醫院，院內還有皮膚科和婦產科，各科的醫師總共大概七名，諮詢室長和護士共有二十名左右。整形外科的特約醫師總共有三人，眼鼻和臉部輪廓、全身等各自有專門領域。丈夫主要是負責抽脂，當時我是資歷最淺的新人，第一件工作就是製作排毒飲品，每天一上班就要打果汁給院長和醫師、室長，接著打掃醫院和處理待洗的手術服，為茶水間的咖啡機補充咖啡豆，還要在三號室擔任手術助理。

三號手術室主要是進行須全身麻醉的正顎手術、乳房整形、抽脂手術等，夏季在下肢動刀的人尤其多，三號手術室的燈幾乎沒有熄過。麻醉師為躺在床上的患者上注射異丙酚(注)，確認患者入睡後，他的獨奏就開始了。用刀切開注射了脂肪液化劑的患者身體，將長而細的銀色探針插入患者的脂肪層中。銀色探針連接抽脂機，他抓著針，以熟練的手法在腿內鑽來鑽去，抽取朱紅色的脂肪。脂肪通過細管裝在大容量燒杯中，因為是液體化，所以看起來就像有很多渣渣的葡萄柚汁。他的手在患者體內四處探刺，為了不讓鋒利的探針穿透皮膚而縝密地移動，如同拉小提琴的演奏者般，營造出幹練的氛圍。

在他揮動探針的同時，我要隨時把地板擦乾。如果脂肪液濺到地上，導致醫師在執刀過程中滑倒，就可能發生大災難。抬起患者癱軟下垂的腿，或將患者翻身、遞出縫合用線和繃帶等也是我的工作。手術結束後，患者的腿會布滿淤青。麻醉師鎖上異丙酚注射裝置後，會溫柔地叫醒患者，再送進恢復室。而將一千毫升的脂肪液倒出來，擦拭器具、消毒、清洗手術服，這些當然也是我這個資歷最淺的新人份

注 一種麻醉用藥。

內之事。

他稱讚我學習得很快，但諮詢室長卻老挑我毛病。例如嫌恢復室按摩用的冰袋做得太大，或是飲用品上貼的消毒日期看不清楚，諸多不合理的理由。無論是什麼，都能毫無理由就找我的碴，室長就是這樣的人。

「這個奏鳴曲，妳曾在滿月的夜晚裡關燈聽過嗎？在昏暗房間裡的月光，就像掛在身上的繩套，讓人起滿雞皮疙瘩。像是只能接受命運宣告處置的脆弱人生，如同在法官敲下槌子宣判之際，不管是誰，都將跟失明的少女一樣無助。」

諮詢室裡放著〈月光〉，室長裝作對古典音樂很有造詣的樣子，她就是一個與我合不來的女人。她因一點小事就會把人罵得狗血淋頭，在她面前，我經常感到畏縮，也因此更加努力當個稱職的手術助理，光憑口罩上的眼神就能讀懂醫師的內心。

室長懷孕辭職後，他和我變得更火熱起來。在整形外科，醫師和護理師們交往時有所聞。雖是有婦之夫，但在醫院裡卻另有情人，而成為情人的護理師就會坐上室長的位子。不過整形外科室長一職仍然空著，有傳聞說，為了增加業績，打算物色有經驗的室長，但不久後，那個職位就變成了我的。

現在只要一想起當時的情況，就忍不住嘆息，他那可憐的樣子至今還留在我的心中，讓人感到不安。那天因為下了暴雨，上午的手術取消了，也沒有其他患者前來。醫院變得像墳場一樣安靜，然而原本延後手術的患者要求按原計畫進行，於是我到處去找他，但診室、洗手間、茶水間都不見人影。我來到位於診療室後方的私人休息室，敲了下門並沒有動靜，正轉身要走時，突然聽到裡面好像有喘不過氣的聲音。我把耳朵貼在門上一聽，那個呼吸聲急促且上氣不接下氣，在換氣的同時，喉嚨更傳出金屬般斷斷的聲音。

如果那時我沒有發現丈夫，現在他可能已不在人世了。那天手術患者來找我，而且我正好有備用鑰匙，這整件事是多麼幸運啊，現在想來真是謝天謝地。我那時匆忙打開門，看到了出乎意料的場景。他從床上摔下來，像老鼠一樣吱吱地叫，地上散落著用過的異丙酚藥瓶和注射器。從他亂蓬蓬的劉海中間，我看到腫了個大包，說明了事態的發展經過。他將睡眠麻醉劑異丙酚注射上額頭，導致呼吸困難。

我搖醒他後，在他額頭上冰敷，給他喝水。他原本像在污染的水源中奄奄一息的魚，雙眼逐漸聚焦，看著注射器和空安瓶散落在地面，又看看我的臉，一臉慘白。對精神性藥物上癮的醫師會被吊銷執照。

但我無意洩露他的祕密，我可以理解他因前妻的疑心病和遺產問題而痛苦，想要暫時享受置身天國的心情。我親吻他額頭上的腫包，像唱搖籃曲一樣，輕輕拍著他的肩膀。他在冷靜之後進入了手術室。不久後，我就被任命為室長。接待來院患者並提供手術諮詢及報價的諮詢室非常舒適，我在那裡的第一件事，就是喝著新人護理師打的果汁，打開音響播放〈月光〉。

*妳抓住他的弱點威脅他。*手機響了，一看又是前妻的簡訊。她的話不是事實，我替他守密是因為我全心全意愛著他，我想親手照顧被折磨到陷入異丙酚中毒的可憐丈夫。他是因為她才會那麼痛苦，是我的安慰與呵護，他才能度過艱難時期，她在胡言亂語些什麼？

*小偷，我要報警。妳一定會不幸的。*我不以為意地關掉手機螢幕。婚外情的罪已經不存在了，何況他和前妻之間只有事實婚卻沒有登記，所以她的脅迫不會成為問題。再加上他離開，是因為她有令人窒息的疑心病，說什麼偷人啊，真不知道她在說什麼。

當然，和他一起也有過困難的時期。我剛進這個家不久，他就常常大聲咆哮說一切都是我害的，獨自灌酒、發酒瘋砸碎家具。但是後來逐漸答應我，願意改掉對藥物的依賴。他不再為了遮掩瘀青而放下劉海，每天兩包香菸的量也減少了一半。跟前妻在一起時相比，如今在我身邊的他，正享受著更安穩幸福的生活。

結束婦產科的診療後，我走到整形外科。我工作過的諮詢室聘請了有經驗的室長。以前我在時總是播放貝多芬的音樂，但現在的室長不知是否是不喜歡吵，諮詢室內非常寂靜。我問室長我的丈夫在哪裡，她回說不知道，於是我走到隔著一個門廳的倉庫看看，想說他也許在那裡準備下午的手術。

穿過茶水間的簡易門，倉庫裡堆滿了醫用冰箱和手術服、洗衣機。打開冰箱，各種藥水、冰袋，還有一旁的毛巾都整理得好好的。再打開麻醉劑冷藏室，看到眼部手術注射用的眼藥水和局部麻醉劑李多卡因、全身麻醉劑異丙酚。麻醉液裝在透明的玻璃瓶裡，看起來就像某種靈丹妙藥一樣。見倉庫內空無一人，我朝他診療室後方的私人休息室走去。

門一打開，就看到兩個身影。新人護理師和丈夫坐得很近，正在竊竊私語，一看到我，兩人突然拉開了距離。

「是智喜啊，有什麼事嗎？」

「喔，因為有莫名其妙的客訴，所以想說來跟醫師報告。還有晚一點要動手術的患者，也有些問題想請教醫師。」

智喜猛然站起身回答。她是我擔任室長時，最晚進入醫院的護理師。我在幾個月前辭職，她現在應該已經習慣當手術助理了吧。我沒有說話，視線移到丈夫身上，他面不改色地笑說：

「她還介紹我這附近哪間餐廳不錯。因為我說要跟妳一起去吃飯，問她有沒有什麼好吃的。」

我們坐在能看見路燈的玻璃窗旁，他把菜單挪到我面前，沒有胃口的我把菜單推回給他。我回想了下智喜這個人，雖然長得土里土氣又胖胖的，不適合整形外科，但正是這一點，我安排她擔任丈夫的手術助理。只不過幾個月下來，在醫院內耳濡目染，一邊利用員工福利免費接受肉毒桿菌及其他填充物手術，那孩子的容貌逐漸變得不一樣，還曾因皮膚科醫師的告白陷入苦惱，來找我商談。她說那醫師是有婦之夫，不敢相信怎麼還能跟自己說那樣的話。我那時一邊喝著智喜幫我打的排毒飲品，一邊悠哉地說：

「又不是要結婚，就當他小套房的女主人又何妨？如果有意想在這個業界發展，交往一下對妳也沒有壞處。」

當時提出建議後，沒多久我就發現自己懷孕了，於是辭職開始和他同居。

想到剛才智喜猛然站起來，那護士裙下一雙纖細的小腿，我就更沒有胃口了。自己懷孕後連帶腿也變粗，最近只敢穿長到腳踝的裙子，實在很寒心。點的菜端上桌，但我連碰也沒碰。他把叉子塞在我手裡，東扯西扯地跟我說話，但我一直沒回答，最後他終於放棄，一聲不響地吃東西。我們這桌只有餐具撞擊的聲音，隔壁桌一群女子則是高談闊論。

「以後不能再穿短裙了。已經好幾次，這回居然還刺大腿逃跑，是不是瘋了？」

「就是啊。可是現在天氣這麼熱，老是穿長褲長袖也很悶啊。聽說昨天在楊平就發生了四起，新聞都報出來了，完全就是個變態！」

楊平不就是丈夫出差去的地方嗎？想起了昨晚的發現，我開口向丈夫借手機，丈夫順從地遞給我。我點了一下媒體櫃，瀏覽裡面的照片和影片，但沒有發現女人的腿。昨晚在電腦上看到的影像，應該是從網路下載的吧。我如此想著，心情頓時變得輕鬆。跳出媒體櫃視窗後，我看到手機跳出網站新聞提示——大膽的下衣失蹤犯罪，正想點閱時，他伸手過來問：

「看完了嗎？」

我把手機還給他，不經意瞥見他脖子上有一道紅印。

「喔？這個？」

他察覺到我的視線，拉了拉襯衫右邊的領子。

「這是昨天出差時弄的，因為掛著相機太重，脖子歪一邊，沒有抓住重心，結果就摔倒了。」

下午在私人休息室裡，智喜緊挨著丈夫坐的畫面從腦中閃過。他在私人休息室裡培養的新玩意兒該不會是那個丫頭吧。以前覺得她太年輕，還有點白目，現在除了變瘦以外，其他沒什麼變化。但我腦海中忍不住想像她用舌頭舔丈夫脖子的場景。背景是楊平的民宿房間，他對著擺出奇怪姿勢的智喜按下快門。她趴在床上露出肩膀，歪著頭用戴了美瞳放大片的眼睛凝視著丈夫，微張開的雙唇發出淡淡的喘息聲……我的手機響了，我回過神看了下螢幕，是簡訊。污穢之物，妳還吞得下飯嗎？妳也會一樣，不，妳會有報應的。依然是未顯示號碼的簡訊。她該不會在監視我吧？雞皮疙瘩瞬間起來，我轉頭四處張望，卻看不到他前妻的蹤影。發這種詛咒簡訊給孕婦，真是噁心。我原想打電話教訓一下，但又不知道號碼。

「老公，你知道你前妻的電話嗎？」

我把手機推到他面前問著。丈夫搖搖頭。他看了這幾天傳來的詛咒簡訊，一臉驚愕。我不客氣地問：

「那女人說是我把你偷走的，是嗎？是那樣嗎？你說說看啊！」

「不是啦。」

「就是說啊。把你從那個又壞又醜的前妻那裡救出來的人是誰啊？你是因為誰才能繼續當醫師的？是誰讓你從藥物中毒中解脫的？那個女人有問題，她根本就是瘋子。」

丈夫把手放在我激動的肩膀上，輕聲說他都知道，一切都多虧有我，太激動對孩子不好，要鎮定，來，深呼吸。

說好坐計程車回去，丈夫卻堅持開車送我。他斬釘截鐵地澄清，最終讓我放下心中懷疑。我問他智喜工作做得好嗎，他轉過頭深情地看了我一眼，說她做事不行，太年輕、不懂事，於公於私都絕對不是討人喜歡的類型。他緊緊握著我的手，要我相信他，他不能沒有我。我裝作賭氣的樣子，他吻了我一下，又開車回去醫院了。

我進家門一脫下鞋子，就立刻來到書房。我得確認他是不是把昨天拍的東西都傳到了電腦裡。他說智喜不是自己喜歡的類型，基本上我相信他，但小心一點總不是壞事。當然，我不認為他的工作文件夾裡會有那個低俗丫頭的照片，不過身為他的妻子，我有充分的資格欣賞丈夫出差拍攝的照片。

打開電腦，用鍵盤敲打昨天寫好的密碼。使用者登入成功。電腦解除武裝的信號一出現，我馬上按下滑鼠。游標末端指著我的文件夾，移到旁點擊地球形狀的圖示，螢幕出現入口網站的首頁，畫面中出現新聞頭條。大膽的下衣失蹤犯罪。我按下頭條標題，畫面出現完整的報導內容。

昨晚於京畿道楊平，接連發生襲擊穿著短裙或短褲的女性後逃逸事件。從今年七月起，已發生數起下衣失蹤傷害事件，昨晚是首次在同一地區，一夜之間接到四起通報。從七月份開始，連續三個月分別於水原華城、仁川乙王、京畿道楊平等地發生類似事件，警方研判，凶手正在轉移據點，展開跨區連環犯案。

雖然有可能是模仿犯所為，但單獨犯案的可能性更大，因此各地警察署決定合作調查此案。昨天受理案件的京畿道警察署根據受害者的描述，正在追查可疑分子中。據受害女性表示，凶手用偽裝成香菸盒、鈕釦、鋼筆等超小型的針孔攝影機近距離拍攝，遭被害人發現後，以凶器刺傷被害人並逃跑。其中唯一正面遭到刺傷的被害人A某表示，在腿部被刺傷時，由於體力不支身體向前傾倒，剛好撞到凶手的

肩膀，致使凶手頸部擦傷。警方調閱現場監視器調查後表示，從預藏凶器、戴帽子及口罩遮住臉部來看，這不是偶發性，而是預謀犯罪。警方目前正在積極調查，但因凶手遮住了臉部，目前尚未掌握確切嫌疑人等。

水原華城、仁川乙王、京畿道楊平……這些是丈夫從七月開始陸續出差去過的地方，再加上剛才看到他脖子上的紅印，我心裡開始竄生不安。難道那痕跡不是智喜弄的，而是昨天的被害者留下的嗎？我用顫抖的手關掉網頁，在他的工作文件夾裡找到昨天儲存的部分，猶豫著要不要打開。也許是我太敏感，把他跟下衣失蹤犯罪聯想在一起，他沒有理由刺傷別人的腿啊。突然，我想起記者在報導裡說，下衣失蹤犯罪是性偏離引發的性犯罪……和他最後一次做愛是什麼時候的事了？看來已經久到無法立刻想起來。自從懷孕後，他處處小心呵護，我從來沒有懷疑過什麼。智喜和他的關係，還有下衣失蹤犯罪……我搖搖頭，直愣愣地看著螢幕。

犯案時間和地點，與他出差的時間地點重疊只是偶然。滿月時總有引出人類醜惡本性的魔力，也許凶手是沒能戰勝那股魔幻力量的某人，每到滿月就拿刀走上街頭。但萬一那個人真的是丈夫呢？我的腦子一片混亂。只要開啟他的工作文件夾，答案就昭然若揭了。只是，若真出現他的犯罪痕跡，我該如何承受？即使把偷拍當作特殊的僻好，但刺傷大腿是明確的犯罪行為。我理解與不理解的他，這之間的差距讓我渾身發抖。

這個文件夾就如同潘多拉的盒子。游標尖銳的箭頭瞄準目標，放在滑鼠上的手心微微冒汗。打開文件夾最糟糕的情況會是什麼？智喜的軀體或是沒有臉的女人大腿，兩者哪個比較容易承受？我感到內心正在權衡，接著給予食指力量。答答，滑鼠按兩下，工作文件夾打開了。

我看到楊平夜晚的湖水，像蓋上黑布般，湖面的水波宛如皺紋，湖面上垂掛著月光。從昨天儲存的作品來看，都是相似的風景照，沒什麼奇怪之處。可能是緊張感消除，手一時變得無力。我轉動僵硬的脖子，水槽旁擺放折刀的展示櫃映入眼簾。我起身躡手躡腳地走近。一如在魚缸裡游泳的貝塔熱帶魚，展示櫃內的層板也像往常一樣井然有序。懷著確認的心情打開了櫃門，層板上堆疊的架子和放在上面的刀具，有的插在刀鞘或折疊起來，鋒利的刀刃被包覆隱藏在袋子裡。刀刃完全外露的只有一把，那是丈夫最喜愛的軍刀。刀刃上乾涸的血跡在月光下隱隱泛著冷光。

我快步走到電腦前，把滑鼠游標移到文件夾，按下顯示隱藏文件的按鈕，文件夾中隱藏的數十個影片檔隨即出現。我打開第一個，高跟鞋踩地的聲音響起。畫面中的女性，穿著黃底、印有橙色花紋的喇叭裙，鏡頭跟著她的背影，而隨著鏡頭越靠近，看不見臉的女人，她的大腿越來越被放大。鏡頭暫時停止移動，接著往下移到裙底再往斜上方拍攝，還沒確定是否拍到那女人的內褲。這時，女人突然轉身大叫，一道鋒利冰冷的東西一閃即逝。

鏡頭拍到那女人的正面，她壓住傷口摔倒，手捂住的地方滲出鮮紅的血。畫面旋轉後，聽到「噠噠噠」急快的腳步聲，畫面中斷。我關閉影片，螢幕被楊平昏暗的湖水填滿。我把影片檔案重新隱藏，正要關掉電腦時，突然全身僵硬。螢幕上反射出他的身影。在框框內膨脹而扭曲的臉龐漸漸變大，他的手搭上了我的肩膀。

「妳解開密碼了？」

我回答，自己只是打開電腦上了一下網。

「你不是說今天有預約手術嗎？」

我的聲音因顫抖而沙啞。

「突然取消了，病人改變預約是很正常的。」

他低頭靠在我耳邊說，聲音如往常般低沉，嘴角上揚並帶著微笑，看起來很溫柔，但在皮膚下無法隱藏的波動卻彷彿會從某一處竄出。我悄悄打量他映在螢幕上的臉，像為了尋找被錯置的拼圖般，突然對上了他的眼睛。螢幕上的他，表情像塗了水泥那樣沒有變化，而我的眼睛如一吹就熄的燭火，左右搖擺不定。

我得站起來才行，雖然雙腿用了力，但他的手用力壓在我肩上，我越想站起來，就感到下壓的力道越重。我緊張到胃開始不舒服。

「昨天出差，在聚會中有人向我借這次新買的折刀，我借給他，那人拿出去外面過了好久才回來。不知道是不是割到手，刀刃都沾到血了。」

他是不是在試探我？我的背脊發涼，腦中想著該怎麼回應才好。我撇了撇嘴，裝作若無其事地說：

「是嗎？那是你新買的，應該很不開心吧。刀子拿回來了？」

他點了點頭，把視線轉向螢幕，問我覺得昨天拍的作品如何。畫面上黑色的湖面反射月光，月影搖曳，我把他的手從肩上輕輕拿下來，說：

「拍具象照很好啊，可以明確知道拍攝對象是什麼。你以前的拍攝風格有點難理解呢！」

我慢慢從椅子上站起來，假裝指著他掛在門旁邊的照片，移步到門口。我藉口拿果汁正要離開書房時，聽到他的聲音。

「那真的看起來是具象照嗎？」

我轉過身看著他。

「深沉的水中有無數東西沉澱在裡頭。被扭曲的東西，被壓抑著……」

我往後退一步，螢幕上出現我隱藏起來的影片。就在我正要把腳移到書房外的瞬間，他的胳膊伸了過來。

「老婆。」

他的手拿著軍刀。像彎月般的刀刃上沾著乾涸的血跡。我看到自己的手機放在他桌子上，他拿著刀走近，嘴裡喃喃唸著影片什麼的。雖然聽不清他在說什麼，但還是像裝作聽懂了般，上前環抱著他，同時把手伸到他的背後拿起手機，隨即立刻往後彈開，同時解鎖手機。他拿著刀貼近說：

「沒有用的，過來，老婆。」

我的手指在手機上滑動。丈夫那眼神冰冷得不像平時的模樣。

「誰會相信藥物中毒者說的話呢？別胡鬧了，過來。」

他表情一變，語帶脅迫地說。他在說什麼？異丙酚中毒的不是我，是他。最近在他身上找不到注射痕跡，所以我相信他已經完全戒掉了，難不成他瞞著我繼續注射藥物？眼前的他說不定還在麻醉狀態。他用刀在書桌抽屜撬開鎖頭，不知道打算做什麼，我毫不遲疑決定先報案再說。

「喂，請趕快過來。昨天在楊平那個下衣失蹤傷害案的嫌犯就在這裡。不是，說不定他就是每個月做案的人，他是異丙酚中毒的醫師啊。」

話筒的另一邊急切地詢問地址。首爾市永登浦區汝矣島洞皇家塔二五〇三號。重覆確認過住址後，電話那頭的警察說：「祝夫人早日康復。」然後掛斷了電話。

手機從我手中滑落到地上。「早日康復」是什麼意思？我撿起手機，他從抽屜裡拿出東西推到我面前。藥物中毒療養中心住院中？裁剪成長方形的紙上貼著我的照片。他揚起一邊的嘴角，微笑看著我。這不可能，而他彷彿在嘲笑我般，又從抽屜裡拿出一個黑色袋子給我看。袋子裡裝了空蕩蕩的異丙酚安瓶和注射器。我搖搖頭，緩緩往後退，但他大步走近把我推倒。他俯視倒在地上的我，舉起了刀子。

「啊──」

刀尖穿過我的裙子，插在地板上。

「妳真了不起，連世界上最難騙的人也被妳騙了，妳今天又去倉庫偷麻醉藥，不是嗎？」

他看著無法動彈的我，熟練地在注射器上注入牛奶色的麻醉劑。

「你在說什麼？」

「妳看，連自己也騙了都不知道。妳說會幫我戒了毒再結婚，但是毒是戒不掉的，只是換了個對象而已。」

我試著動了動腿，但裙子被刀子固定住，如今只不過是在垂死掙扎。他帶著充滿嘲弄的眼神接著說：

「又在裝傻了。妳說妳愛我，要跟我一起生活，但根本就不是。妳那時偷偷打了一把我私人休息室的鑰匙，然後等我注射了藥、意識迷糊的時候開門進來。」

「鑰匙是以防萬一才準備的，而且我當時根本不知道你是異丙酚中毒。」

「果然，最容易被騙的人是妳自己。妳不記得自己趁我迷迷糊糊的時候，拿注射器、空的麻醉藥安瓶放在我身邊拍照嗎？」

我搖搖頭。他笑得嘴角僵硬，眼裡泛起血絲。

「用吊銷執照威脅我的事呢？還有貪圖室長職位，把藥加在我妻子喝的果汁裡讓孩子流掉的事？那些妳都忘了嗎！」

他痛苦地抓著我的肩膀猛搖，要我回想起來，但我完全不知道啊！

「我才沒有那樣，就算有也是為了你。你不是厭倦了前妻的疑心病嗎？」

「那是妳編出來的！妳在醫院裡到處造謠說她找妳麻煩！妳自欺欺人，不覺得自己很可怕嗎？現在摘掉假面具吧。」

毫無疑問，丈夫一定又再度藥物中毒了，不然他沒有理由會說這些話。或者是他的前妻誣陷我，為了分化他和我之間的關係才編出那些謊言。真是陰險的女人，用未顯示來電的號碼發訊息給我，私底下又跟丈夫見面胡說八道。我想起丈夫說和前妻沒再聯繫，頓時感到被背叛。但轉念一想，我要保護丈夫和未出世的孩子，身體就充滿了力量。我胳膊用力，撐起身體坐在地板上。只要冷靜說明，丈夫一定會馬上明白真相。

之前大家在聚餐時，我像是故意要給人看般，用他用過的湯匙喝湯，那時就推測出了室長和他的關係，才明白為什麼室長愛找我麻煩。但我並不是為了報復才接近她的，心懷惡意的是她，不是我。當我細數她的狡猾詭計，丈夫搖頭大喊。

「妳做的冰敷袋太大，別說消腫，患者連眼睛都凍裂了，妳不記得了嗎？在器材包裝上亂寫消毒日期，把用過的拋棄式器材隨便消毒重用，導致患者臉上感染細菌還化膿，膿水都流出來妳忘了嗎？妳會被罵，那都是因為妳工作沒做好！」

不管我說什麼他都不相信，看著站在前妻那邊的他，我感到心中滿是怨恨。現在我知道了，他假裝把前妻忘得一乾二淨，其實是在保護她，他們兩個人在耍我。不可饒恕，我氣得渾身發抖。他拿著注射器彎下腰。

「妳想不起來我也不勉強。一旦打了異丙酚，之前的記憶就會全都忘了，妳就好好睡吧。」

我一隻手抓住他，另一隻手護住肚子，大喊不要傷害孩子，拜託他饒了我。也許是感受我的懇切感，他停止了動作，但下一秒開始瘋狂地笑起來。

「妳還不知道這是假懷孕嗎？」

「什麼？這個胎動，你摸摸看，今天我還去婦產科檢查過，你也知道的啊。你還說我的肚子裡都是羊水，不是吃太多變胖。」

聽了我的話，他笑得越發讓人毛骨悚然，用低沉的聲音說：

「婦產科醫師是我同學。根本就沒有妳的看診紀錄，妳以為拿了處方箋吃了處方藥，但妳一直以來吃的，就只是抗生素而已。」

我看著自己的身體，鼓鼓的肚子和同樣腫脹的胳膊和腿，曾想過以懷孕初期來說，這樣似乎太胖了……不，不對，他是醫師，所以能輕易偽造病歷紀錄。那個什麼戒毒中心的住院證也一樣，這都是為了把麻醉藥中毒的名目加諸我身上，把我變成妄想症患者而精心準備的計畫。

「異丙酚中毒的話，會導致無法控制的肥胖，妳都忘了嗎？」

他坐在我面前，撕破我長到腳踝的裙子，腿上到處可見青紫交錯的瘀青。對丈夫和他前妻的憎恨在心裡燃燒，但是我必須先安全離開這裡才行，原本被刀子釘住的裙子破了，我得趁機溜走。

「我記得，老公，是我錯了，是我不好，我會對你更好，我會好好贖罪。」

我說些沒心沒肺的話先哄哄他，不出所料，他停止了動作。我看準時機，猛然拔掉注射器狠狠打向他的頭部。正要從地上爬起來時，不知是誰壓住我的後背坐了下來，回頭一看，竟是護理師智喜。她的手上也拿著注射器。雖然想避開，但注射器還是先一步刺中了我的大腿。智喜表情怪異，用哽咽的聲音說：

「姊姊因為妳自殺了，她失去了丈夫和孩子，感到很委屈。姊夫向她坦白就只跟妳睡過一次，那次是失誤。本來可以挽回的，妳卻咬住姊夫服用異丙酚的弱點不放。不過現在妳也上癮了，沒人會相信妳說的話了。」

眼前智喜的臉和室長的臉重疊，我原本撐著地板的手感到無力。

「來放妳喜歡的〈月光〉當搖籃曲吧。這首曲子也是姊姊喜歡的，妳奪走了姊姊的喜好、房子、丈夫等所有東西。每次都要這樣贖罪。雖說總有一天會因施打藥物過多而死亡，但到那一刻之前，妳要一直反省。」

智喜將把貝多芬的奏鳴曲唱片放在黑膠唱機上，然後搖著手機說：

「我會幫助妳贖罪，帶著在九泉之下姊姊的心意。」

智喜的臉在月光照拂下，顯得分崩離析、逸散四周。我必須離開這裡。我掙扎著想站起來，但書房灰色地板坐著的影子慢慢撲上來，將我包覆並抬了起來。我想打起精神，但眼皮開始感到沉重異常。我用力撐起眼皮，〈月光〉夢幻般的旋律進入耳蝸，在腦海中盤桓縈繞。突然間，焦躁和乾渴減輕了，緊繃的神經得到緩解，我感到呼吸越來越穩定。這代表麻醉藥效開始了。不能就這樣睡著！雖然這麼想，但我連一根手指頭也動不了。

他走近我，把手放在我的臉頰上，在我耳邊用只有我聽得到的聲音說話。*為了戒毒，必須有其他的中毒者。為了忘記生活的悖離，必須讓感覺麻痺。*他對我眨了眨眼，臉龐變得扭曲。扭曲的臉孔下，白襯衫上的黃色鈕釦閃閃發光，就像十五日的滿月一樣，在我沉重的眼皮內產生殘像。眼瞼完全閉闔的剎那，我明白了，那滿月形狀的鈕釦，是個很小很小的針孔攝影機鏡頭。

〈月光〉完

誌謝

男人和我站在地底下一條新路盡頭。牆被堵住了，再也出不去，附近停著他和我搭過來的汽車。男人以溫柔的語氣說，都到這裡了，如果停止不覺得可惜嗎？從夢中醒來，我發現他說的是小說。說長也長，說短也短的那條路，就像挖空了一樣，是我創造的小說之路。這時我才明白，我早忘了埋首於生活。

我希望邀請讀者到白紙之幕，總是想呈現給讀者不斷翻新的風景，期待開啟自我、喚醒世界。在前往助教辦公室上班的公車上，打開筆記型電腦寫小說，心中隱隱浮現在未知的濃密森林中，感受到我的視線和思維的光芒，展現真實面孔的渴望。就像夢中的男人一樣，在現實中喚醒我、讓我繼續寫下去的人依然存在。

培育出許多作家的最優秀老師，也是我的文學之父田英泰恩師，傳授給我讓平凡的瞬間也能昇華為藝術的人生，以及文學神祕的鍊金術。

亞洲文學泰斗、中央大學副校長房玄錫（音譯）教授，所講授的小說理論就像是一場祝福雨，融化了時代的煩惱和痛苦，凝結成一種新的價值。

以及，從《無等日報》新春文藝獎選中我的作品的李美蘭（音譯）教授、季刊《Mystery》中推薦我的韓國推理作家協會金載成前會長與韓宜會長，以及將這本小說集選為藝術支援作品的仁川文化財團和評審老師們。有諸位的支持鼓勵，才讓我能繼續寫下去。

當然不能少了在我身邊，隨時鼓勵我的人。讀過〈美女病房可樂失竊事件〉後給我零用錢的老爸、對〈墨非的詭計〉評價「結局很無聊」而提供我改寫契機的老媽、看過〈自我魔術方塊〉給予「傑作」評價的弟弟、文友孔民哲作家，以及宥美姊姊、薔薇姊姊。真心感謝你們。

希望這本小說集能給遭受不公不義者帶來安慰，如果能為他們帶來突破的新力量，那就再好不過了。以及，我還要向在我與讀者之間建造了門、出版這本書的出版社前輩們表示感謝。

最後，盛讚引導我走上作家之路的親愛的上帝。

迎著二〇一九年秋天的清涼微風

薛惠元

國家圖書館出版品預行編目資料

自我魔術方塊 / 薛惠元著；馮燕珠譯. -- 初版. -- 臺北市：奇幻基地, 城邦文化出版：家庭傳媒城邦分公司發行, 民110.4
面； 公分. --（幻想藏書閣）
ISBN 978-986-99766-4-0（平裝）

862.57　　110002978

ISBN　978-986-99766-4-0

城邦讀書花園
www.cite.com.tw

幻想藏書閣

自我魔術方塊

原著書名／클린 코드（Clean Code）
作　　者／薛惠元（Seol Hea-Won）
譯　　者／馮燕珠
責任編輯／劉瑄

版權行政暨數位業務專員／陳玉鈴
資深版權專員／許儀盈
行銷企劃／陳姿億
行銷業務經理／李振東
總 編 輯／王雪莉
發 行 人／何飛鵬
法律顧問／元禾法律事務所 王子文律師
出版／奇幻基地出版
　城邦文化事業股份有限公司
　台北市 104 民生東路二段 141 號 8 樓
　電話：(02)25007008　　傳真：(02)25027676
　網址：www.ffoundation.com.tw
　e-mail：ffoundation@cite.com.tw
發行／英屬蓋曼群島商家庭傳媒股份有限公司城邦分公司
　台北市 104 民生東路二段 141 號 11 樓
　書虫客服服務專線：(02)25007718・(02)25007719
　24 小時傳真服務：(02)25170999・(02)25001991
　服務時間：週一至週五 09:30-12:00・13:30-17:00
　郵撥帳號：19863813　　戶名：書虫股份有限公司
　讀者服務信箱 E-mail：service@readingclub.com.tw
　歡迎光臨城邦讀書花園　網址：www.cite.com.tw
香港發行所／城邦（香港）出版集團有限公司
　香港灣仔駱克道 193 號東超商業中心 1 樓
　電話：(852)25086231　　傳真：(852)25789337
　e-mail : hkcite@biznetvigator.com
馬新發行所／城邦（馬新）出版集團
　【Cite(M)Sdn. Bhd】
　41, Jalan Radin Anum, Bandar Baru Sri Petaling,
　57000 Kuala Lumpur, Malaysia.
　Tel: (603) 90578822　Fax:(603) 90576622
　email:cite@cite.com.my

封面設計／高偉哲
排　　版／極翔企業有限公司
印　　刷／高典印刷有限公司
■ 2021 年（民 110）4 月 29 日初版一刷

售價／ 350 元

廣　告　回　函
北區郵政管理登記證
台北廣字第000791號
郵資已付，免貼郵票

104台北市民生東路二段141號11樓

英屬蓋曼群島商家庭傳媒股份有限公司城邦分公司 收

請沿虛線對摺，謝謝

奇幻基地

每個人都有一本奇幻文學的啓蒙書

奇幻基地粉絲團：http://www.facebook.com/ffoundation

書號：1HI119　　　書名：自我魔術方塊

奇幻基地 20 週年 · 幻魂不滅，淬鍊傳奇

集點好禮瘋狂送，開書即有獎！購書禮金、6 個月免費新書大放送！

活動期間，購買奇幻基地作品，剪下回函卡右下角點數，
集滿兩點以上，寄回本公司即可兌換獎品&參加抽獎！
參加辦法與集點兌換說明：

【集點處】（點數與回函卡皆影印無效）

1	2	3	4	5
6	7	8	9	10

活動時間：2021 年 3 月起至 2021 年 12 月 1 日（以郵戳為憑）
抽獎日：2021 年 5 月 31 日、2021 年 12 月 31 日，共抽兩次
奇幻基地 2021 年 3 月至 2021 年 12 月出版之新書，每本書回函卡右下角都有一點活動點數，剪下新書點數集滿兩點，黏貼並寄回活動回函，即可參加抽獎！單張回函集滿五點，還可以另外免費兌換「奇幻龍」書檔乙個！

活動獎項說明：

★ **「基地締造者獎 · 給未來的讀者」抽獎禮**：中獎後 6 個月每月提供免費當月新書一本。（共 6 個名額，兩次抽獎日各抽 3 名）

★ **「無垠書城 · 戰隊嚴選」抽獎禮**：中獎後獲得戰隊嚴選覆面書一本，隨書附贈編輯手寫信一份。（共 10 個名額，兩次抽獎日各抽 5 名）

★ **「燦軍之魂 · 資深山迷獎」抽獎禮**：布蘭登 · 山德森「無垠祕典限量精裝布紋燙金筆記本」。
抽獎資格：集滿兩點，並挑戰「山迷究極問答」活動，全對者即有抽獎資格（共 10 個名額，兩次抽獎日各抽 5 名），若有公開或抄襲答案者視同放棄抽獎資格，**活動詳情請見奇幻基地 FB 及 IG 公告！**

特別說明：
1. 請以正楷書寫回函卡資料，若字跡潦草無法辨識，視同棄權。
2. 活動贈品限寄台澎金馬。

個人資料：

姓名：＿＿＿＿＿＿＿＿＿＿ 性別：☐男 ☐女

地址：＿＿＿＿＿＿＿＿＿＿＿＿＿＿＿＿ Email：＿＿＿＿＿＿＿＿＿＿

想對奇幻基地說的話或是建議：＿＿＿＿＿＿＿＿＿＿＿＿＿＿＿＿＿＿＿＿＿＿＿＿＿＿＿＿＿＿

＿＿

請剪下右側點數，貼於集點處，集滿兩點即可參加抽獎

1p 2021